PUTAIN DE GUERRE !

TARDI 1914 - 1915 - 1916 **VERNEY**

casterman

Crédits photos : Collection du musée de la Grande Guerre du pays de Meaux.

www.casterman.com

ISBN 978-2-203-01739-9

Imprimé en France par PPO Graphic, Palaiseau. Dépôt légal : novembre 2008 ; D. 2008/0053/556.

1914

"La mobilisation n'est pas la guerre. Dans les circonstances présentes, elle apparaît, au contraire, comme le meilleur moyen d'assurer la paix dans l'honneur." Raymond POINCARÉ. Président de la République. 02/08/1914.

"Je pense que ces évènements sont fort heureux, il y a quarante ans que je les attends. La France se refait, et selon moi, elle ne pouvait pas se refaire autrement que par la guerre qui la purifie." Alfred BAUDRILLART. Évêque. *Le Matin*. 16/08/1914.

Ça plaisait beaucoup aux gosses de voir défiler les héros, musique en tête. C'était pourtant un bien mauvais exemple qu'on leur donnait, mais depuis le temps qu'on leur bourrait le mou à la communale et à l'église, ils auraient bien été capables de venir avec nous à l'étripade, si on les avait laissés faire, les mômes.
VERNEY
DU COMMERCE
Les experts des états-majors nous l'avaient dit - Les Allemands respecteraient la neutralité de la Belgique ... Alors les Allemands ont envahi la petite, neutre et courageuse Belgique ! Les civils fuyaient la guerre, et je les aurais bien suivis, moi aussi.
Il fallait bien que les Pruscos logent dans leurs maisons, aux civils, qu'ils bouffent leurs confitures, occupent leurs puciers et boivent l'eau du puits. Mais nous, nous marchions exactement dans le sens inverse de ces malheureux, comme attirés par les emmerdements.
TABAC

C'était considérable ce qu'on cassait comme coûteux matériel, moi qui connaissais des gens qui ne possédaient même pas une casserole !
De villages détruits en marches forcées, nous avons enfin vu des Allemands. C'était la première fois qu'on pouvait reluquer de près nos ennemis. Ils n'avaient pas l'air de mauvais bougres ... Ils nous ressemblaient, en somme.
C'étaient des prisonniers et j'aurais donné beaucoup pour être à leur place. Pour eux, la guerre était finie.
En fin de journée, nous avons croisé des dragons qui observaient les avancées allemandes. Ils avaient avec eux, sur une charrette de marchande des quatre saisons, une petite saleté d'arme à répétition pour stopper les Alboches dans leur élan. Sûr qu'ils les arrêteraient, on n'en doutait pas une seconde.

Il aurait fallu y penser plus tôt, aux inévitables malheurs à venir. Moi j'y avais pensé, et pourtant j'étais pas plus malin que les autres ! Mais comment j'aurais pu, moi tout seul, prévenir le monde entier ? Est-ce qu'on m'aurait laissé parler ? Est-ce qu'on aurait prêté attention aux propos d'un ouvrier tourneur en métaux de la rue des Panoyaux ? Non !
C'était maintenant qu'il commençait vraiment le XXème siècle avec ses enthousiasmes guerriers et sans imagination aucune. Mais moi, j'en avais trop, d'imagination. Je me voyais cadavre, embarqué malgré moi dans le flot des imbéciles, avec des milliers, des millions d'autres cadavres, et ça ne me faisait pas du tout rire.
Les autres pommes, encore à quai Gare de l'Est, se voyaient déjà éclusant une bière bien méritée sur l'Alexanderplatz.
Seules les mères étaient conscientes de serrer dans leurs bras de futurs pupilles de la nation, et les wagons à bestiaux (8 chevaux-40 hommes) n'étaient à leurs yeux que des cercueils sur rail, accrochés les uns aux autres, en route vers les cimetières militaires.

Les Allemands non plus, "élus pour civiliser le monde et missionnaires du progrès humain", comme disait leur Kaiser, ne voyaient pas plus loin que la hausse de leur fusil... Sauf quelques-uns, qu'on n'écoutait pas, bien sûr.
D'élégants valseurs viennois, fils de bonnes familles, aristocrates cultivés et poètes, tranchaient déjà au sabre les seins des femmes serbes pour cause d'assassinat d'archiduc. La machine était en route : le jeu des alliances ! L'Europe allait plonger joyeusement dans l'horreur, en ces premiers jours du mois d'août.
Le gentil boulanger berlinois se voyait déjà sur les Champs-Élysées, trempant une viennoiserie dans son café-crème en reluquant les petites femmes de Paris, si fraîches et si jolies... Trop d'imagination !
Ausflug nach Paris

C'est qu'il en fallait de la viande humaine pour rassasier les appétits insatiables de nos maîtres !
C'est qu'il en fallait de la viande, pour nourrir les hommes qui allaient mourir, les boyaux à l'air, encore remplis de la bidoche chaude et puante des bêtes !
C'est qu'il en fallait, c'était fatal, de la viande, puisqu'on avait fait de nous des moutons d'abattoir !

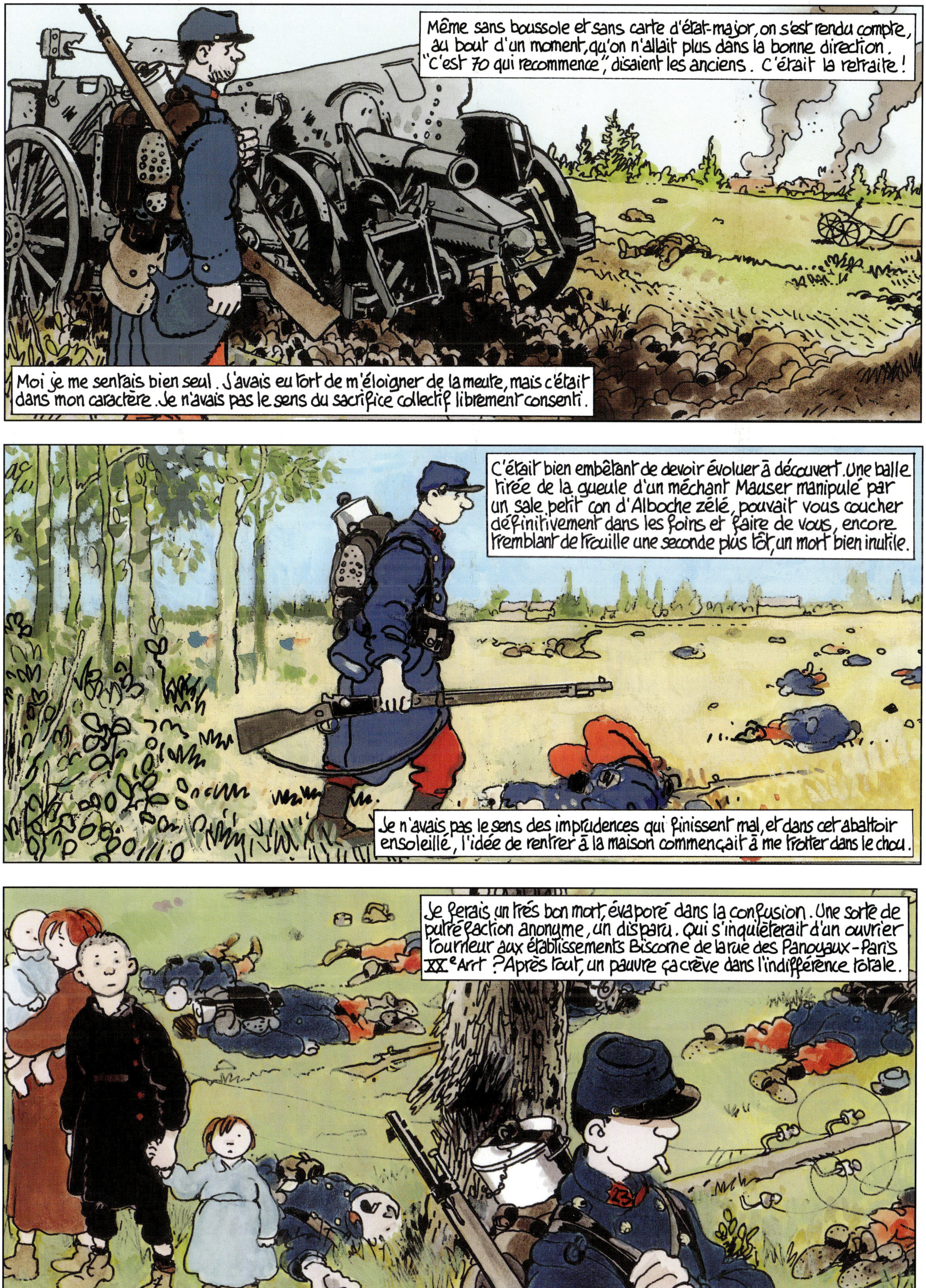
Même sans boussole et sans carte d'état-major, on s'est rendu compte, au bout d'un moment, qu'on n'allait plus dans la bonne direction. "C'est 70 qui recommence", disaient les anciens. C'était la retraite !
Moi je me sentais bien seul. J'avais eu tort de m'éloigner de la meute, mais c'était dans mon caractère. Je n'avais pas le sens du sacrifice collectif librement consenti.
C'était bien embêtant de devoir évoluer à découvert. Une balle tirée de la gueule d'un méchant Mauser manipulé par un sale petit con d'Alboche zélé, pouvait vous coucher définitivement dans les foins et faire de vous, encore tremblant de trouille une seconde plus tôt, un mort bien inutile.
Je n'avais pas le sens des imprudences qui finissent mal, et dans cet abattoir ensoleillé, l'idée de rentrer à la maison commençait à me trotter dans le chou.
Je ferais un très bon mort, évaporé dans la confusion. Une sorte de putréfaction anonyme, un disparu. Qui s'inquiéterait d'un ouvrier tourneur aux établissements Biscorne de la rue des Panoyaux - Paris XXe Arrt ? Après tout, un pauvre ça crève dans l'indifférence totale.

la journée avait été chaude et meurtrière. On
aurait pu en rester là, mais il a fallu qu'on nous
signale la présence de soldats prussiens
dans un bosquet en contrebas de notre pré à vaches.

On les voyait à peine. Leur position
était bien meilleure que la nôtre.

Il n'y a rien eu à faire pour arrêter ce qui était à l'œuvre.
Il aurait fallu dire : "Ça va mal finir !" Mais il n'y a pas eu
la possibilité de causer. C'était trop tard. C'était trop
demander : nous n'avions plus les moyens de la réflexion.

Nous, avec nos gamelles en fer-blanc et toute la quincaille qu'on trimballait sur les endosses, on aurait dit la foire à la ferraille. Ajoutez à ça le raffut des bouthéons, des bidons, des pelles et des marmites, et on pouvait dire sans se tromper qu'on n'était pas discrets dans la campagne, d'autant plus qu'avec nos costumes de cirque, on était des cibles épatantes.
C'était donc une bien mauvaise idée du p'tit lieutenant de nous avoir cloqués dans la luzerne, au beau milieu de cette saloperie de prairie, sans autre protection que des pieds de pissenlits, contre les pruneaux que les Alboches s'apprêtaient à nous loger dans le buffet.
Je n'en menais pas large au moment de cet assaut imbécile. J'ai rentré ma tête dans mes épaules et plaqué la crasse de mon nougat contre mon ventre.
Il n'a pas tenu longtemps à faire le pitre au premier rang, le p'tit lieutenant. Je me demande encore aujourd'hui si on avait bien fait de le suivre?

Les artiflots, au cul de leur merveilleux petit 75, ils tuaient, enivrés par l'odeur de la poudre et le son mélodieux du canon. Ça leur donnait peut-être une sorte de tranquillité d'esprit, d'être à plusieurs kilomètres des corps déchiquetés par leurs obus, va savoir ?
Le calme était revenu ... Seulement les cris de souffrance des agonisants. Pendant l'assaut, sous une pluie d'obus, je m'étais laissé distancer pour mieux faire le mort dans les bois. J'avais encore la tremblote lorsque j'ai constaté qu'un Prusco piquait un roupillon contre mon épaule.
Avait-il manœuvré comme moi ? Avait-il voulu sauver sa peau avant tout, se foutant pas mal de l'issue de cette tuerie qui ne le concernait pas ? Cette possibilité me le rendait un peu sympathique, mais je n'étais sûr de rien.

Et puis voilà qu'un casque à pointe a déboulé sans nous voir. J'ai pas attendu bien longtemps pour comprendre pourquoi il était venu rôder par ici, à l'écart des autres.
Il était venu faire son caca sur le sol sacré de la France, fille aînée de l'Eglise !
?
Je ne sais pas s'il a réussi à se vider complètement de sa trouille ? Ce qui est sûr, c'est qu'il n'a pas eu le temps de se torcher, ce grand sale !
Des dragons lui ont percé le coffre. Le voilà bien soulagé maintenant ! Finie la guerre ... Finies les vacances, la partie de campagne au bord de la Marne, les guinguettes ... le canotage.

J'ai plus jamais revu les fesses roses de ce merdeux à pointe. J'ai abandonné mon Prusco à ses rêves de conquêtes et j'ai mis les bouts.
Les dragons, crin au casque et croupe épaisse, ont rejoint des collègues à eux, montés sur des percherons épuisés qui puaient déjà la charogne.

Des hulans hargneux au possible et bien décidés à les embrocher les ont chargés. Les chevaux, ça m'avait toujours fait peur. Je préférais de loin la bicyclette.

On ne pouvait pas savoir si c'était de chez Krupp ou de chez Schneider ce qui leur tombait sur la poire, aux cavaliers. En tout cas, c'était du beau travail d'artilleur !

Coupé net, l'élan magnifique ! Des montures et des hommes, très peu sont rentrés contents de leur journée à la campagne.
Les chevaux, ces bestiaux qui acceptaient bêtement de porter sur leur dos d'aussi dangereux animaux, avaient leur part de responsabilité dans cette foirade immonde, me disais-je en gambergeant... Sûr que je commençais à déconner du cassis !
Un zouave paumé parmi des tirailleurs "indigènes", qui n'étaient pas venus en sapin depuis Gagny, et qu'on avait pas encore le courage d'appeler marocains, m'a rencardé sur la position de mon régiment.

Ni vu ni connu, j'ai rejoint le troupeau. Les Allemands reculaient, paraît-il. Il fallait donc leur coller au train sans perdre de temps.

Sur le terrain, il y avait des amateurs, comme nous autres, et des professionnels comme les "Brtiches" qui se foutaient carrément de notre équipement à l'ancienne et de nos grimpants écarlates. Faut dire qu'on avait le bada avec nos tenues de fête foraine, tocardes à souhait, mais absolument parfaites pour le tir aux pigeons.

Les Belges pataugeaient. Ils avaient ouvert les vannes pour inonder les envahisseurs, et c'est les pieds dans l'eau que les "jass" et leur roi s'accrochaient à un dernier minuscule lambeau de terre, pendant que les Alboches paradaient au pas de l'oie sur la Grand-Place à Bruxelles.

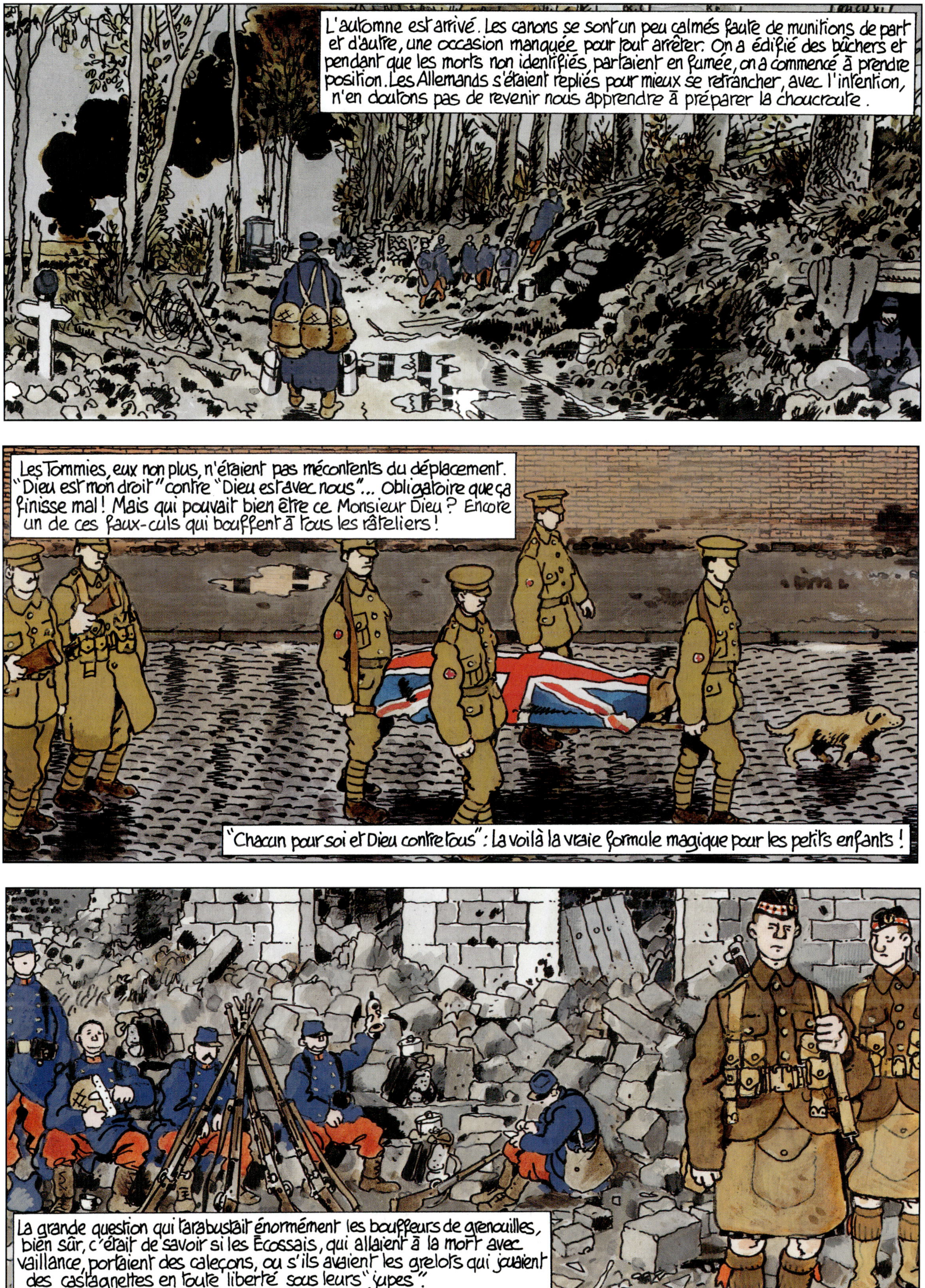
L'automne est arrivé. Les canons se sont un peu calmés faute de munitions de part et d'autre, une occasion manquée pour tout arrêter. On a édifié des bûchers et pendant que les morts non identifiés partaient en fumée, on a commencé à prendre position. Les Allemands s'étaient repliés pour mieux se retrancher, avec l'intention, n'en doutons pas de revenir nous apprendre à préparer la choucroute.
Les Tommies, eux non plus, n'étaient pas mécontents du déplacement. "Dieu est mon droit" contre "Dieu est avec nous"... Obligatoire que ça finisse mal ! Mais qui pouvait bien être ce Monsieur Dieu ? Encore un de ces faux-culs qui bouffent à tous les râteliers !
"Chacun pour soi et Dieu contre tous" : La voilà la vraie formule magique pour les petits enfants !
La grande question qui tarabustait énormément les bouffeurs de grenouilles, bien sûr, c'était de savoir si les Écossais, qui allaient à la mort avec vaillance, portaient des caleçons, ou s'ils avaient les grelots qui jouaient des castagnettes en toute liberté sous leurs "jupes".

Je venais de participer à la bataille de la Marne. Je n'avais rien compris aux astucieuses stratégies, il faut dire qu'on ne m'avait rien expliqué. Je ne savais donc pas que je venais de rentrer victorieusement, et les deux pieds dans la merde, dans l'histoire de France !

Nous avons creusé les premières tranchées. Le temps des petits soldats de plomb en rang par quatre, huit ou seize était terminé. Nous étions devenus des terrassiers occupés à aménager consciencieusement leurs propres fosses communes.

Du fond de nos tombes, on a compris qu'on était là pour un long moment. Les Alboches n'étaient pas décidés à rentrer chez eux et on était encore assez loin de Berlin. Pour Noël, la trêve a tourné en fraternisation, surtout entre les Anglais et les Allemands. Ça partait d'un bon sentiment. Quelques heures à s'échanger des clopes et des bonbons, avant de retourner chacun dans son trou pour recommencer à s'entretuer.
Moi, tout ce que je comprenais, c'est qu'on s'installait dans la guerre.

1915

"La meilleure manière de vaincre l'ennemi est d'abord de le tuer. Il est bon d'insister sur ces vérités élémentaires, enfin mises en évidence, pendant que les impressions sont toutes chaudes. Ce serait trop tard après la victoire." Général CHERFILS. *L'Écho de Paris.* 04/1915.

"C'est encore une des surprises de cette guerre et l'une de ses merveilles, le rôle éclatant qu'y joue la poésie." Paul BOURGET. *L'Écho de Paris.* 20/06/1915.

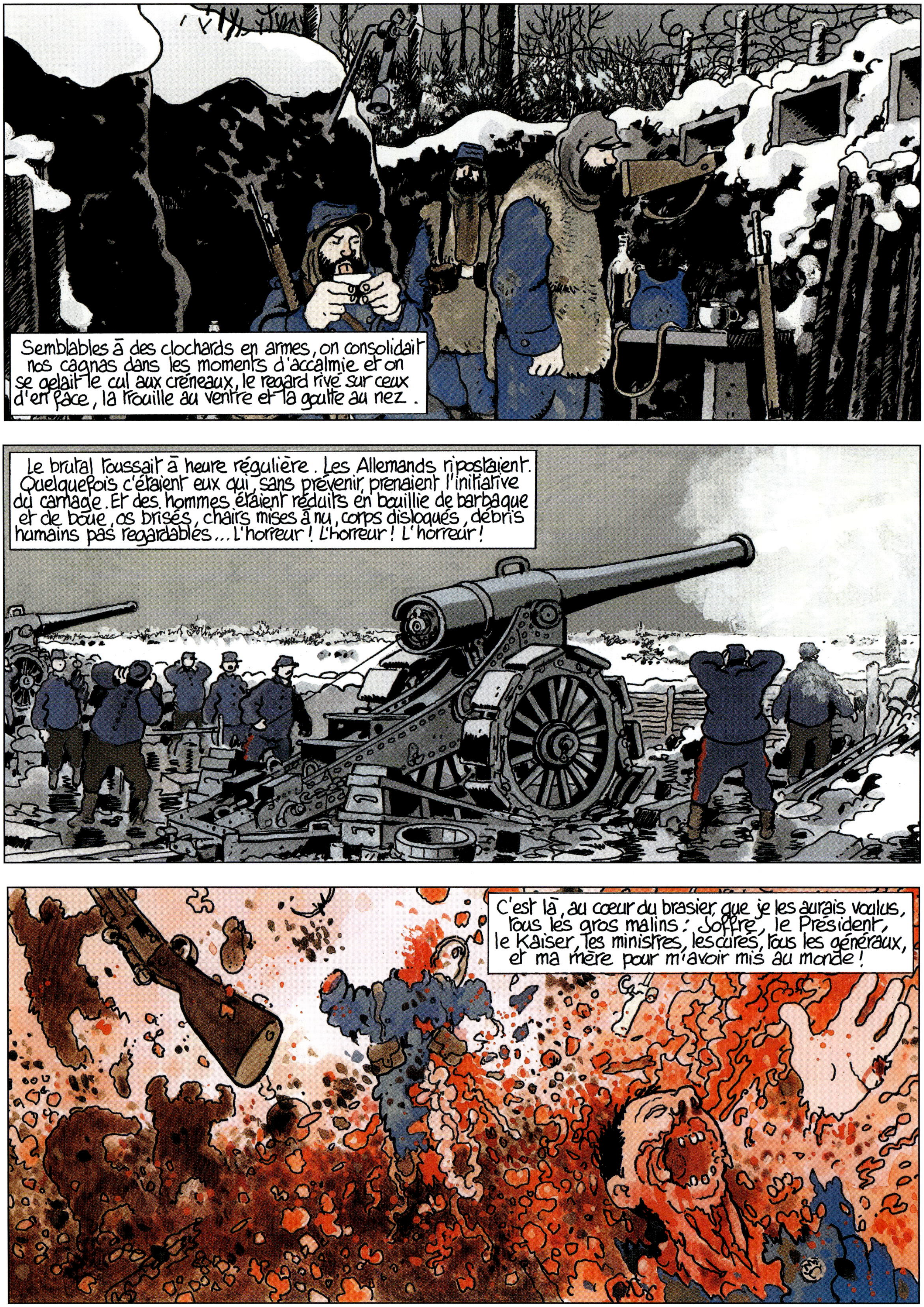
Semblables à des clochards en armes, on consolidait nos cagnas dans les moments d'accalmie et on se gelait le cul aux créneaux, le regard rivé sur ceux d'en face, la trouille au ventre et la goutte au nez.
Le brutal toussait à heure régulière. Les Allemands ripostaient. Quelquefois c'étaient eux qui, sans prévenir, prenaient l'initiative du carnage. Et des hommes étaient réduits en bouillie de barbaque et de boue, os brisés, chairs mises à nu, corps disloqués, débris humains pas regardables... L'horreur! L'horreur! L'horreur!
C'est là, au cœur du brasier, que je les aurais voulus, tous les gros malins : Joffre, le Président, le Kaiser, les ministres, les curés, tous les généraux, et ma mère pour m'avoir mis au monde!

Les Allemands, qui aimaient bien travailler le bois, avaient minutieusement organisé leurs tranchées. On comprenait, installés comme ils étaient, qu'ils avaient l'intention de rester un bout de temps, avec toujours l'idée d'enfoncer nos lignes et de nous faire rendre notre quatre-heures. Mais ils n'étaient pas à la fête non plus.
Ils ne semblaient pas se lasser de nous pilonner. Leur armement était supérieur au nôtre. Ils étaient fiers de leur industrie de guerre extrêmement efficace. Nous en faisions les frais, forcément, nous autres.
Nous répliquions, bien sûr, pris au piège de cette sauvagerie qui s'expliquait par les haines entretenues de part et d'autre depuis plus de quarante ans. Maintenant, c'était l'haleine pestilentielle d'un monstre qui s'échappait des gueules des canons.

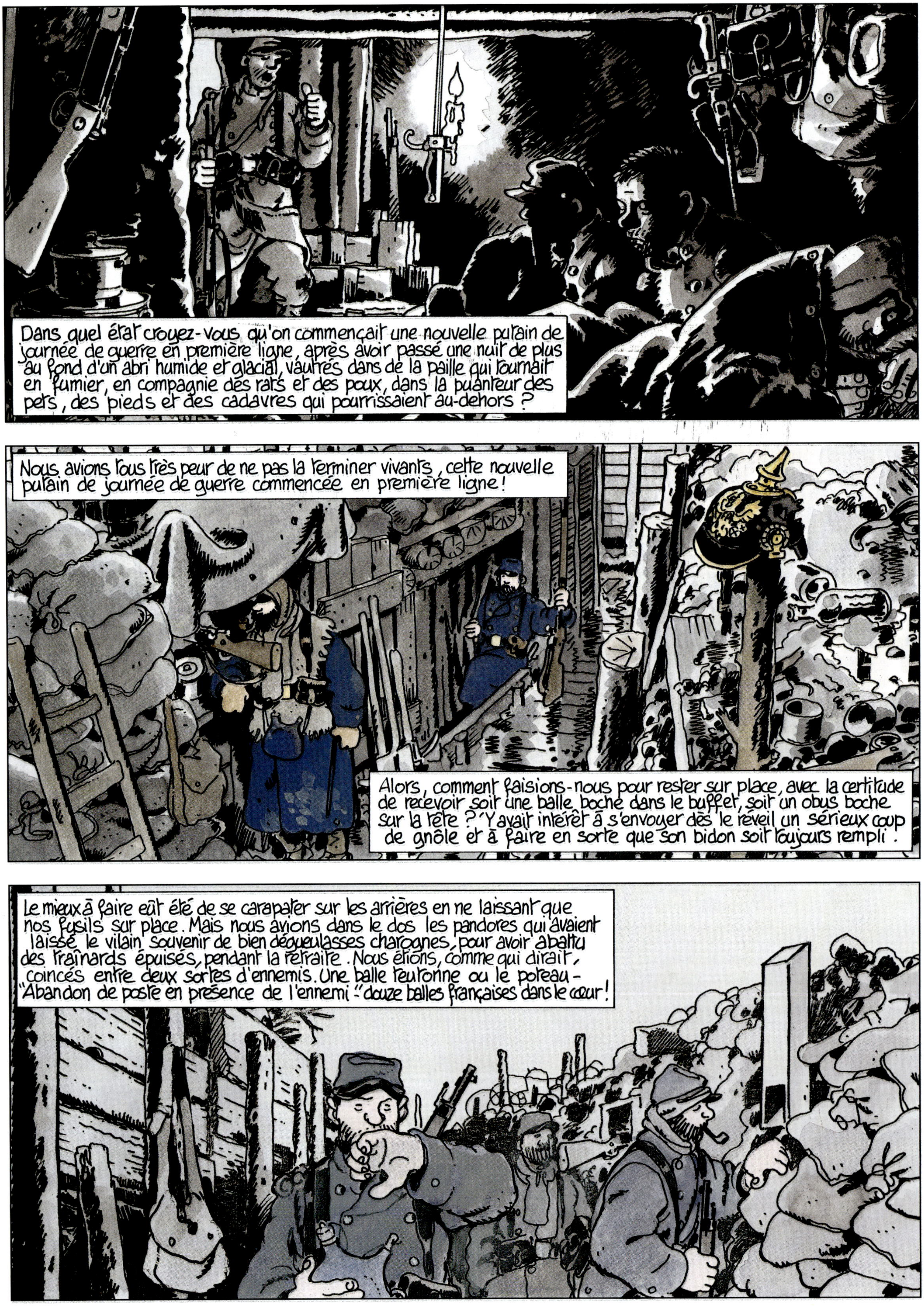
Dans quel état croyez-vous qu'on commençait une nouvelle putain de journée de guerre en première ligne, après avoir passé une nuit de plus au fond d'un abri humide et glacial, vautrés dans de la paille qui tournait en fumier, en compagnie des rats et des poux, dans la puanteur des pets, des pieds et des cadavres qui pourrissaient au-dehors ?
Nous avions tous très peur de ne pas la terminer vivants, cette nouvelle putain de journée de guerre commencée en première ligne !
Alors, comment faisions-nous pour rester sur place, avec la certitude de recevoir soit une balle boche dans le buffet, soit un obus boche sur la tête ? Y avait intérêt à s'envoyer dès le réveil un sérieux coup de gnôle et à faire en sorte que son bidon soit toujours rempli.
Le mieux à faire eût été de se carapater sur les arrières en ne laissant que nos fusils sur place. Mais nous avions dans le dos les pandores qui avaient laissé le vilain souvenir de bien dégueulasses charognes, pour avoir abattu des traînards épuisés, pendant la retraite. Nous étions, comme qui dirait, coincés entre deux sortes d'ennemis. Une balle teutonne ou le poteau - "Abandon de poste en présence de l'ennemi" : douze balles françaises dans le cœur !

Notre marge de manœuvre était assez limitée dans notre situation de futurs morts pour la France. Voilà l'état dans lequel nous commencions une nouvelle putain de journée de guerre en première ligne. Nous tenions donc héroïquement la position.
Dans la tranchée, c'est comme partout, faut toujours qu'il y ait un connard pour foutre la merde !
Ce matin, c'est Galipot qui était au p'tit poste, et il a bien vu les deux Boches qui profitaient du brouillard pour cisailler les barbelés.
Galipot, ce con, à qui on n'avait rien demandé, en a aligné un !
La riposte ne s'est pas fait attendre !

On s'est affairés, des deux côtés, à s'expédier, méthodiquement et avec application, des projectiles plus ou moins rudimentaires, dans le but de tuer la plus grande quantité possible d'hommes.
Le brouillard s'est levé... le temps idéal pour une sortie.
Les Alboches ont rappliqué sans préparation d'artillerie lourde. Une attaque surprise, en quelque sorte, pour venger leurs cisailleurs. On n'en avait pas envie, mais il a bien fallu y aller !

Devant moi, je voyais le gentil caporal Morille, qui m'avait montré la veille avec fierté une photographie de ses deux petites filles, enfoncer sa baïonnette dans le thorax d'un jeune Allemand. Je voyais aussi le lieutenant, percepteur des contributions dans le civil, dégommer son deuxième Prusco avec son revolver.
Pour ces assassinats, qu'on nous obligeait à commettre en toute légalité, en temps de paix, on se serait tous fait raccourcir !
Tout ça semblait monter des profondeurs infernales de l'être humain comme un feu atroce qui ne s'apaisait que le temps d'ensevelir les morts, avant de reprendre de plus belle.
Notre bleu avait été tué sur le coup, même pas la bonne blessure, comme Boulier qui devrait désormais marcher avec une jambe de bois, mais loin d'ici, sur les boulevards... le veinard.

On l'avait touché huit jours plus tôt, début mars, notre bleuet. Brugnon l'avait pris sous son aile. Moi, je lui avais à peine causé, mais la mort du gosse m'avait secoué. Le gosse ?... Il n'avait que deux ans de moins que moi ! En six mois de guerre, on avait tous pris vingt ans dans la poire et des allures de vieux bandits sanguinaires et prêts à tout.
Quand on n'a pas beaucoup d'instruction et qu'on a toujours bossé chez Biscorne rue des Panoyaux, les choses sont plus longues à comprendre. Mais ce que je commençais à piger, c'est qu'on était devenus des bêtes, un troupeau de brutes habituées aux horribles blessures, aux ventres ouverts, aux membres arrachés à leur tronc... Ça n'avait pas toujours été le cas.
Un matin, dans un boyau isolé, on a trouvé Cloutier avec son nougat dans la bouche. Un coup de cafard... Quand on voit pas l'bout du tunnel, qu'on n'est pas dans un endroit riant, qu'on a l'impression d'avoir pris perpète, qu'on reverra pas de sitôt sa promise et qu'on risque à tout moment d'être pulvérisé par un obus, il n'en faut pas plus pour avoir envie de quitter les potes et tout l'bazar. À moins qu'il n'en ait eu assez de charger à la pelle affûtée, Cloutier ?

Après huit jours en première ligne, on nous a relevés. À l'arrière nous attendaient des exercices de maniement d'armes - il faut dire qu'on en avait bien besoin - une reprise en main après le foutoir de la vie de tranchée et beaucoup de discipline ne pourraient nous nuire! On a croisé des sujets de Sa Majesté le Roi d'Angleterre, qui montaient au front.
Les Anglais tenaient à ce que les peuplades de leur empire colonial - qu'ils avaient "éduquées" et auxquelles ils avaient apporté les bienfaits inestimables de leur magnifique civilisation - participent un peu à leur guerre, ne serait-ce que par décence, histoire de rendre un petit service à leurs "bienfaiteurs"... Que les choses n'aillent pas toujours dans le même sens!
La douce France non plus n'avait pas hésité à mobiliser ses troupes d'Afrique du nord et sa "Force Noire". Nos Sénégalais venaient de loin. Il avait fallu le temps de les amener par cargos entiers, entassés dans les cales, pour crever dans le froid et la boue. La République, dans son immense générosité, était fière de leur offrir l'insigne honneur de mourir pour la Patrie.

Je me demandais bien ce qu'était devenu mon Boche endormi - celui du petit bois où son copain chiasseux s'était fait trouer par des dragons - Était-il mort ?... Prisonnier ?... Dans un hôpital ?
Il y a eu le courrier autour de la roulante. Et puis, les cuistots, qui savent toujours tout, nous on dit que le bataillon avait sa première permission de six jours. Le merlan n'a pas chômé !
On s'est rendu compte qu'on dérangeait les civelots avec nos puanteurs et notre crasse. On nous appelait des "poilus". On nous faisait voyager à part pour ne pas incommoder.
À Paris, il y avait pas mal de petits gradés embusqués qu'il fallait saluer et qui se pavanaient au bras de charmantes infirmières, exhibant leurs blessures de guerre, vraisemblablement dues au dégoupillage intempestif d'un encrier dans un ministère. Il y avait déjà beaucoup d'éclopés, de veuves et d'orphelins...
Je m'étais empressé de me débarrasser de mon uniforme. Je n'ai pas eu le courage d'aller rendre visite à ma mère, mais je suis passé voir Louise à la boutique où elle travaillait et après, je me suis planté dans le petit rade de la rue des Panoyaux, pas loin de chez Biscorne. Au bistrot, on m'a dit que son fils avait perdu ses deux jambes à Charleroi. J'ai pas osé aller le voir, mon patron.

Elle a vite passé, la permission. On était tellement contents de retrouver le petit coin de tranchée où on avait été si heureux, que pour rien au monde on aurait donné notre place.
Les fainéants qui avaient occupé les lieux en notre absence n'avaient pas réussi à grignoter un centimètre de terre à betteraves en direction de Berlin !
On a appris que Brugnon n'était pas rentré de permission. Il s'était pendu dans la cage d'escalier de son immeuble, rue des Gâtines. Il avait laissé un mot pour dire qu'il n'en pouvait plus, qu'on ne compte plus sur lui désormais. On comprenait ça... On jugeait pas.
Et combien de morts y avait eu pendant qu'on se la coulait douce à l'arrière ? Les simagrées obscènes de l'aumônier rendaient les choses encore plus grotesques !
Alors, forcément, des idées saugrenues passaient dans les têtes des sacrifiés qu'on était... Des combines infaillibles pour s'éloigner de cet abattoir. Il y avait les buveurs d'huile de sardine bouillante - la jaunisse sûre et certaine - quelques jours d'hosto. Et puis tout le catalogue des mutilations, qui étaient beaucoup plus efficaces, pour quitter l'enfer, à condition d'y laisser une jambe ou un bras. J'avoue y avoir sérieusement pensé, moi, à me faire sauter un pouce, mais certains toubibs étaient de bien salopards délateurs et c'était le peloton à tous les coups !

Si on était futés dans les astuces pour essayer de couper au carnage, les assassins qui voulaient notre peau à tout prix n'étaient pas des manches, eux non plus. Alerte aux gaz !
Les jours de calme, on regardait les aéroplanes. On se disait qu'ils avaient une chance inouïe, bien au-dessus de la merde et des nappes d'ypérite.
Pauvre pantin séchant au soleil dans les cordes à linge !

Attaques après attaques, j'étais surpris d'être toujours en vie. Gaffe aux gaz !
Au mois de mai l'Italie a déclaré la guerre aux Empires centraux. Elle avait traîné à choisir son camp... Ça peut se comprendre.
En juillet, on nous a offert des casques en ferraille et un nouvel uniforme bleu. C'était gentil, mais ça ne nous rendait pas plus flambards pour autant.
Pauvre empêtré, mort pour rien, qui pourrit entre les lignes !

On écoutait les coups de pioche en espérant que la relève nous tirerait du trou à rats où nous étions. Vauquois, c'était le nom de l'endroit.
Le village de Vauquois avait été complètement bouffé par en dessous, il n'en restait plus rien. Ils appelaient ça "la guerre des mines".
Des tonnes d'explosifs qui vous éclatent sous les fesses, ça n'a rien d'agréable, croyez-moi !
C'est la relève qui s'est retrouvée engloutie au fond d'un cratère gigantesque.
On avait fait fissa pour vider les lieux. Les pauvres gars qui nous remplaçaient avaient, eux aussi, entendu les coups de pioche, et puis plus rien, et puis une grande déflagration, et puis plus rien. Vauquois, c'était le nom de l'endroit.

En novembre, j'ai cru reconnaître mon Allemand - le ronfleur du p'tit bois. On s'est retrouvés nez à nez. On s'est mis en joue, bêtement, comme des gosses, et devant le ridicule de la situation, on a fait demi-tour l'un et l'autre, sans tirer. Chacun est retourné dans son camp. J'étais soulagé de n'avoir tué personne, ce jour-là. J'étais soulagé, aussi, qu'il ne m'ait pas tué, ce jour-là.
Pour ce qui était des aéroplanes, on avait changé d'avis.
On n'en voyait pas le bout de cette putain de guerre en première ligne !

1916

" Au moment où se termine cette année de guerre, vous pouvez tous considérer votre œuvre avec fierté et mesurer la grandeur de l'effort accompli. "
Ordre du jour aux armées françaises. J. JOFFRE, au GQG le 29 décembre 1915.

" L'année qui s'ouvre vous apportera, mes amis, la fierté d'achever la défaite de l'ennemi, la joie de rentrer à vos foyers et la douceur d'y fêter la victoire auprès de ceux que vous aimez. "
Lettre du président de la République, Raymond POINCARÉ le 1er janvier 1916.

Tout ça ne ressemblait plus à rien. Dans le Grand chaudron où on était, on s'efforçait de tenir des positions dérisoires au beau milieu d'une décharge publique - une sorte de morgue en plein air.
Pour enterrer les cadavres des copains, il nous fallait attendre la nuit, en espérant ne pas se trouver piégés par une fusée éclairante, à jouer les ombres chinoises qu'on tire pour un kilo de sucre ou un panier garni, à la foire du Trône.
En janvier, on a eu de la neige, ça faisait plus propre, mais des morceaux de viande humaine retombaient quelquefois en flocons rouges sur le linceul dégueulasse du champ de bataille.
On se les gelait. N'essayez surtout pas d'imaginer l'état de nos pinglots ni l'odeur de nos couennes. C'est l'estomac dans les talons qu'on attendait la tambouille qui, dans le meilleur des cas, nous arrivait toute boueuse. Ça voulait dire que la corvée avait dû s'aplatir au fond d'un boyau, les bouthéons à la renverse. Dans le pire des cas, la soupe était toujours en route assaisonnée aux shrapnels, et on la sautait.

Les Boches, eux aussi, avaient touché un gracieux bitos en acier. La première fois que j'en ai vu un, c'était plus tard, pendant la bataille, sur le crâne du cadavre d'un grand et jeune Teuton coupé en deux.

Notre division a reçu l'ordre de changer de secteur. Comme de pauvres réservistes prenaient notre place aux tranchées, on a bien compris qu'on avait besoin de chair fraîche ailleurs et qu'on avait pensé à nous autres, comme de bien entendu !

Les Tommies s'étaient collé sur le cassis un plat à barbe en fer embouti, un "brodie", comme ils disaient. Ils préparaient une offensive décisive, les Anglais.
Les Huns, comme ils disaient, allaient être enfoncés, anéantis, totalement écrasés, et ça serait la fin de la guerre ! C'était une magnifique offensive à laquelle on devait participer, nous aussi, et ça nous mettait la joie au cœur, cette perspective !

Le 21 février, les Allemands ont commencé à s'acharner sur un patelin stratégique et symbolique, paraît-il. Moi, j'aurais pas donné un sou pour le connaître, ce patelin, mais le Kronprinz, le rejeton à Guillaume, voulait y entrer à tout prix, après avoir tout cassé.
Les civelots avaient quitté les lieux, les obus boches pilonnaient l'endroit et sa garnison planquée dans la citadelle. Elle était plus du tout affirante, la sous-préfecture, elle dégueulait dans la Meuse les ventres ouverts de ses mochetés de bicoques.
C'était précisément pour défendre cette ville déjà bien ruinée et plus vraiment choucarde - si toutefois elle l'avait jamais été un jour - qu'on nous envoyait crever.
VERDUN
5 Km

C'est qu'il y avait un sacré trafic sur les chemins qui menaient au massacre et des équipes de territoriaux en bavaient énormément pour garder en état les voies d'accès aux abattoirs. La boucherie nécessitait une main-d'œuvre abondante afin d'avoir, chaque jour, son compte de macchabées. Ces cantonniers de l'enfer étaient des vioques qui avaient passé l'âge d'aller à la tuerie.
Godet, un de ces "terribles toriaux" avait un fils aviateur et il se faisait du mouron pour le môme, ça se comprenait. Je lui avais causé une ou deux fois, pas plus, à Godet.
Lorsque son biplan a été touché et que le môme a commencé à cramer par les jambes, il a juste eu le temps de se tirer une balle dans la tête avant de s'écraser au sol.

Une "kolossale" garniture de choucroute de plus de 200 mètres de long, qui s'en revenait de bombarder quelques villes - Paris ou Londres - afin de tuer des civils dans leur sommeil, bien au chaud au fond de leurs lits, s'était égarée au-dessus de la zone des combats. Le gros Zeppelin avait eu la mauvaise idée de passer à la verticale du petit 75 d'un auto-canon de la défense contre les avions, et son pointeur s'était fait un plaisir de flamber cette énorme banane perdue, gorgée d'hydrogène.
L'offensive avait commencé. Les Boches semblaient tenir absolument à passer par Verdun. Nous, on voulait pas. Le Bois des Caures, ça ne vous dit pas grand-chose... Galipot, Morille, Fluet, Flétan, et tant d'autres pauvres types, y sont restés pour des prunes.

On planque l'artillerie pour échapper à la vue des avions français.

Agrippé au bord d'un entonnoir et plus mort que mort, c'était bien mon Prusco du p'tit bois qui était là ! Il n'avait donc pas terminé la guerre dans un hôpital ni dans un camp de prisonniers.
Et moi, comment est-ce que j'allais la finir, cette putain de guerre ? ... Dans quel état j'allais le ramener mon nez d'bœuf ?

On planque l'artillerie pour échapper à la vue des avions allemands.

Il y avait ceux qui se laissaient docilement accompagner au poste de secours, sans leurs yeux, sans leur visage, sans leur bouche ni leur langue, leurs tripes dans les pognes, ne pouvant plus faire sortir d'eux-mêmes que de faibles râles.

Et puis il y avait, bien plus nombreux, ceux qui restaient sur le terrain, comme Raoul, que j'avais eu du mal à reconnaître. Dans le civil, il était livreur chez "Nicolas", alors on l'appelait Nectar, mais y buvait pas. Les autres gros pochetrons du régiment se foutaient de sa gueule.
On l'aimait pas beaucoup, Raoul. Il était rongé par une chose qu'il avait faite. Il s'était confié à l'aumônier. "J'ai tué un homme." "Tu n'as fait qu'accomplir ton devoir de bon Français devant Dieu et devant les hommes, raison de plus pour boire un coup!", qu'il lui avait dit le cureton. Ça le rongeait quand même, ce qu'il avait fait, Raoul, alors il a passé sa tête par-dessus le parapet. Il n'a pas attendu bien longtemps. Une grenade à manche l'a terminé!
Faut dire que s'il n'avait pas trouvé de réconfort chez le ratichon, il n'en avait pas trouvé beaucoup non plus chez les copains. Faut dire que par la maladresse de Raoul, Fluet s'était fait étendre par un Allemand, au Bois des Caures. J'ai eu du mal à le reconnaître, Raoul...

La Voie Sacrée! Pourquoi pas la Sainte et Glorieuse chaussée qui mène au paradis sous une pluie de pétales de roses et dans les effluves d'encens? Plus atroces seront nos plaies et meilleure sera notre place dans les nuages d'ypérite, à la droite de notre "Saigneur". Moi, les bondieuseries m'avaient toujours donné envie de vomir dans le bénitier!

La Voie Sacrée..., mon cul ! La noria des croix de bois, oui !
Les descendants de "tes ancêtres les Gaulois" t'ont donné des outils et ils t'ont fait trimer chez toi, pour eux. Aujourd'hui ils t'ont fait venir chez eux, t'ont donné un fusil et ordonné de tuer le plus possible de barbares boches. Tu vas peut-être te faire tuer, toi, pour eux, mais si tu fais bien ton boulot, tu auras une jolie croix de guerre en bronze !
Maintenant que tu as été fait aux pattes, les Allemands ne te maltraitent pas mais ils te reluquent en loucedé. Ils ont un peu peur de toi, ce "sauvage" porteur de la culture française, coupeur de têtes et d'oreilles boches. En te demandant qui sont les barbares, peut-être veulent-ils te retourner contre tes maîtres, ces défenseurs de la civilisation, qui t'ont envoyé sans scrupules au carnage ?

Elle s'industrialisait salement, cette guerre, et avec de gros profits réalisés sur nos cadavres, en plus !
Automobiles, aéroplanes, motocyclettes, auto-camions, saucisses et gros canons...
C'est pas beau l'progrès ? On y était entrés de plain-pied dans le XXe siècle,
ça on pouvait même dire qu'on y était entrés les deux pieds devant !

En février, le fort de Douaumont, désarmé comme les vingt autres forts qui "défendaient" Verdun, avait été pris par les Allemands. Ils s'étaient pointés par le dessus. Pas un seul coup de feu n'avait été tiré.

La quarantaine de "terribles roriaux" qui gardaient Douaumont étaient en train de taper le carton quand, surpris, ils ont vu rappliquer les Alboches.
S'ENSEVELIR SOUS LES RUINES DU FORT PLUTOT QUE DE SE RENDRE
On a su seulement trois mois plus tard qu'un feldgrau, occupé à réchauffer sa gamelle de patates aux choux dans l'infirmerie, avait provoqué une macousse explosion - 800 de ses potes avaient été pulvérisés ! Bronzier voulait qu'on lui élève un monument. Quant à Gustave, il était convaincu que ce brave serviteur du "clown-prince" travaillait pour nous. Il était sérieux, Gustave, quand il disait ça.

Et puis, en été, les Tommies ont débuté leur grande offensive décisive dans la Somme.

Les "rôtisseurs de pucelle", selon le curé, voulaient bouffer du Hun ! Pour ça, ils avaient convoqué des Australiens, des Hindous, des Canadiens, des Néo-Zélandais, des "Canayens"-français, tout un tas de monde. Et ça s'activait ferme en préparation d'artillerie.
On leur a donné un coup de main, aux Anglais, histoire de participer, mais pas aussi important que prévu, parceque Verdun nous avait trop bouffés.
Nos "ennemis héréditaires", selon l'instituteur, voulaient enfoncer les lignes de notre ennemi commun. Moi, je vous le dis, dans toute cette affaire je n'avais pas d'ennemi et je trouvais ça un peu fort qu'on m'ait envoyé là où j'étais!

Les "Angliches" ont sorti de derrière les fagots une arme tout à fait moderne dont ils étaient très fiers.
De Douaumont à Vaux, les Allemands avaient mis 100 jours pour avancer de 3 kilomètres! C'est vous dire l'ampleur des combats et la volonté qu'on mettait à rendre leur séjour chez nous désagréable!
Dans le petit fort de Vaux, on s'est battus, dessus, dessous dans les gaines, les fossés, les caponnières et les casemates, à la grenade, à la mitrailleuse, aux gaz, au lance-flammes, à la baïonnette et à mains nues. Après cinq jours de siège, les pauvres types emmurés dans ce tombeau puant n'en pouvaient plus. Privés d'eau, ils buvaient leur pisse et finissaient par se rendre. C'étaient bien eux, les pauvres pigeons du fort de Vaux! ... Ça, j'aurais pas voulu y être.

Par nécessité ou par obstination, nos chefs, peu économes en vies humaines et en obus, ont donné l'ordre à la grosse artillerie sur rail de détruire Vaux et Douaumont, histoire que ces magnifiques, coûteuses et inutiles forteresses redeviennent françaises. Et encore, je ne vous parle pas des autres forts de la région !

Vaux, totalement ruiné, a été repris en novembre. Ruiné, certes, mais désormais français pour toujours, des coffres du fossé aux cheminées d'aération !

À Verdun, les Allemands n'étaient pas passés, et dans la Somme, les Anglais n'avaient pas percé.
DAFFODIL

En fin d'année, Louise m'a envoyé une lettre qui a franchi sans difficulté le contrôle postal. Elle travaillait maintenant à Puteaux, dans une usine d'alésage d'obus. C'était son effort de guerre à elle, comme elle disait.
Elle avait donc quitté sa patronne et la boutique de fleurs de la Place Gambetta. Elle se rendait pas compte, Louise, bien sûr, faut y avoir été pour comprendre...
Et la guerre continuait...

JEAN-PIERRE VERNEY

1914

En Allemagne.

Nous sommes le **28 juin 1914.** Un soleil radieux brille sur Paris et, à l'hippodrome de Longchamp, le président de la République, Raymond Poincaré, assiste aux courses de l'après-midi.
C'est là qu'un fonctionnaire du Quai d'Orsay vient lui annoncer discrètement que l'archiduc François-Ferdinand, héritier de l'Empire austro-hongrois, vient d'être assassiné, ainsi que sa femme, dans la petite ville bosniaque de Sarajevo.

Personne n'imagine alors que ce simple fait divers va conduire, presque unanimement, les plus grands peuples d'Occident à se laisser submerger par les mirages d'une aventure guerrière.

Qui peut concevoir, en apprenant cette nouvelle, que la flamboyante civilisation européenne va demain ployer sous le poids des antagonismes nationaux, et se coucher devant les mécanismes implacables des alliances militaires ?
Qui peut déjà pressentir l'arrivée des furieuses pulsions bellicistes, et les folles journées à venir, gonflées progressivement par des opinions publiques exacerbées ?
Qui oserait se méfier des diplomates ? N'ont-ils pas assez de bon sens pour convaincre les chefs d'État d'ignorer les pressions de tous leurs généraux, aveuglés par leurs plans ?

Carte postale patriotique allemande.

Bien sûr, ces officiers depuis des années se préparent pour la grande confrontation. Mais la lourde responsabilité de pouvoir déclarer la guerre ne leur appartient pas.
Donc, en 1914, cette Europe, sorte de phare de la civilisation, à qui personne ne contestait son rayonnement universel, n'avait apparemment rien à craindre… que d'elle-même.
En France, les élections législatives viennent d'être gagnées par le Bloc des gauches. La campagne a été fortement dominée par la très contestée récente loi prolongeant à 3 ans le service militaire, mais aussi par le projet d'instauration d'un impôt sur les revenus, et la défense de la laïcité. Pourtant, dès le 19 juin cette nouvelle Chambre a voté un emprunt de 800 millions de francs destiné à l'armement. De l'autre côté du Rhin, une escadre anglaise vient de rendre une visite d'amitié à la marine allemande dans le grand port militaire de Kiel. Il faut savoir que les trois souverains d'Angleterre, d'Allemagne et de Russie sont apparentés. Ils descendent de la défunte reine Victoria. Nicolas II de Russie et George V d'Angleterre sont cousins germains et cousins de l'empereur d'Allemagne Guillaume II.

Reste que cette Europe de 1914 est radicalement partagée en deux groupes distincts et antagonistes. D'un côté, la Triple Alliance formée par l'Allemagne, l'Autriche-Hongrie et l'Italie ; de l'autre, une Triple Entente réunissant la France,

En France.

la Russie et l'Angleterre.
Bien entendu, cette situation excite des rivalités, révèle des intérêts différents, attise des concurrences commerciales, encourage des orgueils nationaux, stigmatise des appétits colonialistes. Cela a quelquefois provoqué des tensions, et même encouragé des rumeurs guerrières, mais dans les faits, les crises ont toujours trouvé une solution diplomatique.
Il est vrai que depuis 30 ans, une course aux armements et aux effectifs, comme une sorte de jeu subtil mais dangereux, pousse la France et l'Allemagne à se doter de moyens militaires au moins équivalents à ceux

A BIENTOT !

Force nous est de prendre pendant quelque temps congé de nos Lecteurs et Abonnés.

GIL BLAS

on le sait, est un journal jeune, et toute la jeunesse, à partir d'aujourd'hui, n'a qu'un seul devoir à remplir. Aussi bien, nous serions fort embarrassés de faire paraître régulièrement notre journal : notre Directeur est sous les drapeaux et tous nos Collaborateurs de la Rédaction, de l'Administration et de l'Imprimerie ont rejoint ou vont rejoindre leur corps.

Lorsque les événements le permettront,

GIL BLAS

reprendra sa figure la plus joyeuse.

A BIENTOT !

du possible adversaire.
Il est vrai que le développement très rapide d'une puissante marine de guerre allemande inquiète, irrite et agresse la Grande-Bretagne qui se veut maîtresse des mers et ne peut accepter d'être concurrencée.

Crédits photos : Collection du musée de la Grande Guerre du pays de Meaux.

Il est vrai qu'aux confins de l'Europe orientale, les pays balkaniques viennent de connaître deux guerres avec, comme conséquence importante, le retrait de l'occupant turc de ses anciennes conquêtes. Si les diplomaties européennes ont activement participé aux deux traités établissant les nouvelles frontières de cette région, elles n'ont pu éviter que la Bulgarie ne se retrouve l'autre grande perdante, ses prétentions territoriales ayant été écartées au profit de la Grèce.

Il est également vrai que, depuis une dizaine d'années, des millions d'Européens se sont ralliés aux thèses pacifistes de la puissante Internationale ouvrière et font confiance au socialisme pour préserver la paix. En France Jean Jaurès, un député socialiste, véritable "voix du peuple", est un incontournable guide de cette Internationale. Et même si l'homme reconnaît les nécessités et les obligations de la défense du pays pour préserver l'indépendance nationale, il porte haut les espoirs du prolétariat et de la CGT. Faire la guerre à la guerre par la grève générale et pourquoi pas l'insurrection, voilà pour la classe ouvrière, qu'elle soit allemande ou française, le remède miracle censé maintenant s'opposer aux bourgeois, aux marchands de canons et à tous les "va-t-en guerre".

ÉDITION SPÉCIALE A 5 CENTIMES

La Guerre Sociale

PARAISSANT LE MERCREDI

RÉDACTEUR EN CHEF : GUSTAVE HERVÉ

Défense Nationale d'abord !

ILS ONT ASSASSINÉ JAURÈS

Nous n'assassinerons pas la France

Vive Jaurès !

Haut les Cœurs !

LA PATRIE EN DANGER

Régiment français en marche vers la frontière.

Population civile fuyant l'invasion allemande.

Il n'y a donc pas de raisons de s'inquiéter.

Et les chaudes journées de juillet se suivent. À Vienne, les funérailles discrètes du couple princier sont terminées et les coupables sont sous les verrous. En Allemagne, le Kaiser déclare haut et fort sa fidélité inconditionnelle au vieil empereur François-Joseph, qui va fêter ses 84 ans, puis repart en croisière.

Rien ne laisse donc vraiment prévoir une aggravation des relations entre l'Empire austro-hongrois et le petit royaume de Serbie. Le fracas de l'attentat n'est déjà plus qu'un bruissement lointain. Mais dans l'ombre quelques-uns se plaisent à mettre en jeu le destin de millions d'hommes.

Brutalement, le 23 juillet, l'Autriche adresse un ultimatum humiliant à la Serbie. Les diplomaties européennes tentent alors de réagir, mais les clous bellicistes sont déjà trop profondément enfoncés dans le bois de la croix sur lequel va se crucifier le monde. Le 25, le tsar de Russie, qui vient de recevoir en visite officielle le président français Poincaré, fait savoir qu'il soutient la Serbie. Et le 28 juillet, l'Autriche, qui se sait soutenue par le Kaiser Guillaume II, en déclarant la guerre à la Serbie ouvre le grand bal. La valse des mobilisations peut commencer. Sonnez tocsins, roulez tambours, pour tous, c'est parti… mais avec la croyance tenace que cela ne durera que l'été.

À partir du 30 juillet, avec enthousiasme pour certains, malédiction pour d'autres et discipline pour la plupart, plus de 10 millions d'hommes sont appelés à rejoindre les casernes. En France, malgré l'assassinat de Jaurès, c'est "l'Union sacrée" face à l'envahisseur. C'en est bien fini des illusions de l'Internationale ouvrière et du mirage de ses actions pacifistes.

Le 2 août, à l'heure des moissons et à la veille de vendanges prometteuses, ouvriers, patrons, paysans, bourgeois, commerçants, tous réunis par la loi, commencent à troquer leurs habits civils pour l'uniforme, avant que d'être conviés à se jeter sur l'ennemi héréditaire. Et ce, suivant des plans (très secrets) savamment préparés depuis des dizaines d'années par des généraux sûrs de leur génie et fiers de leurs manœuvres.

Août 1914. Fantassins français attendant l'ennemi.

Septembre 1914. Troupes françaises, pendant la bataille de la Marne.

Dans le même temps, à Paris, comme enivrée par l'état de guerre, une foule exaltée s'en prend aux établissements soi-disant allemands. Des cafés et des boutiques sont saccagés simplement à cause de leurs enseignes à consonance germanique. Il en est ainsi des nombreux magasins et particulièrement ceux de la chaîne "Maggy", pourtant d'origine suisse.
À l'époque cette maison était d'ailleurs réputée pour la qualité de ses produits naturels, son lait non frelaté et ses efforts faits vers le monde ouvrier pour lui proposer une nourriture saine et bon marché. Une autre marque excite la furie populaire, c'est le "bouillon Kub". Une raison à cela. Depuis quelques mois, une campagne de presse orchestrée par l'extrême droite et son chantre Léon Daudet distille insidieusement que "Maggy" et "Kub" servent d'officines à l'espionnage allemand, et que les milliers de panneaux-réclames du bouillon Kub indiquent des objectifs à l'attention des troupes d'invasion. Cela devient tellement sérieux que le 4 août, le ministère de l'Intérieur demande l'arrachage des plaques publicitaires posées à proximité des zones militaires et de celles installées le long des voies ferrées.
Ces voies ferrées où des milliers de trains se suivent presque à touche-touche avec leur charge de jeunesse. Sans accroc ou presque, comme une mécanique bien huilée, ils emportent vers les frontières l'avenir de la nation. Et dans les moiteurs et les relents des wagons à bestiaux certains ont encore la force de fredonner : *"La victoire en chantant nous ouvre la barrière, La liberté guide nos pas, Et du Nord au Midi la trompette guerrière A sonné l'heure des combats".*
Pour la France, le règlement est résolument offensif. L'infanterie est la reine des batailles, la baïonnette son flambeau et le canon de 75 son métronome. Comment expliquer ce mépris du "feu qui tue"; celui de la mitrailleuse et de l'artillerie lourde?

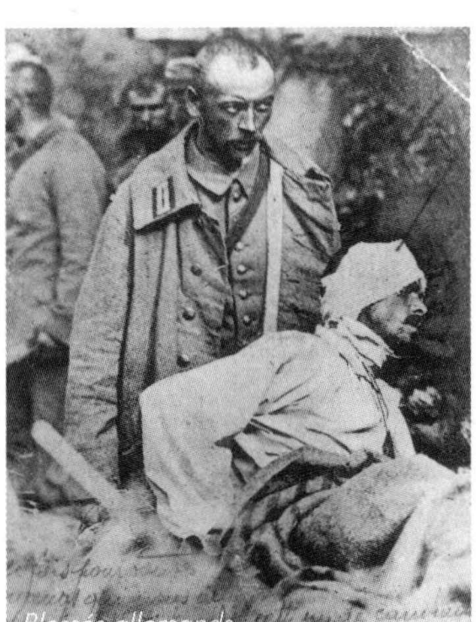

Blessés allemands.

Revanchard, Joffre attaque en Alsace et guette l'Allemand en Lorraine, mais le Teuton passe par la Belgique. Cette violation de la neutralité du territoire belge entraîne, et c'est une surprise pour l'Allemagne, l'intervention britannique alors même que les offensives de Joffre en Alsace et en Lorraine s'éteignent comme feux de paille. Dès le 25 août, bousculé sur l'ensemble de ses armées, Joffre doit ordonner la retraite générale.
C'est la faillite de toutes ses prévisions ; mais surtout, pour l'armée française, les pertes deviennent terrifiantes : jusqu'à 25 000 morts certains jours.

Fantassins allemands.

Fantassins français.

Pendant ce temps, la presse parisienne annonce en première page que les cosaques sont à cinq étapes de Berlin, mais ne peut cacher le lendemain, à des lecteurs stupéfaits, que l'ennemi est aux portes de Paris.
Le 2 septembre, afin de donner une impulsion nouvelle à la défense nationale, le gouvernement se replie à Bordeaux et confie à un général à la retraite, Gallieni, le mandat de défendre la capitale. C'est un homme pour qui Joffre n'a pas beaucoup d'estime. Il n'aura de cesse de lui faire comprendre qui est le patron.
Mais, à moins de 25 kilomètres de Paris, les armées allemandes commettent une manœuvre imprudente. Convaincus que les unités françaises sont défaites et que les restes du corps expéditionnaire anglais ne cherchent qu'à rejoindre la côte pour réembarquer, les généraux allemands veulent accélérer le mouvement qui doit leur permettre d'anéantir en rase campagne les forces alliées. Contrairement au plan initial, plutôt que d'encercler Paris, ils décident de longer la capitale par le nord.
Ce changement de direction, rapidement perçu comme une chance inespérée par Gallieni, va l'inciter à attaquer ce flanc fragile.
Non sans difficulté il pousse Joffre à saisir cette chance, et ce sera la bataille de la Marne.
Le 6 septembre, de Verdun à l'Oise, 800 000 Français et 60 000 Anglais font brutalement face à 800 000 Allemands. Les combats sont violents, incertains, mais toujours meurtriers. Devant Meaux, un officier

meurt, debout face à la mitraille, comme il l'a rêvé et surtout écrit : *"Heureux ceux qui sont morts pour la terre charnelle, pourvu que ce fût dans une juste guerre."* Il s'appelle Charles Péguy. À quelques kilomètres de là, cinq soldats, pas plus mauvais que les autres mais qui refluaient affamés, chiasseux, les boyaux tordus à cause des fruits pas assez mûrs glanés le long des routes, sont brutalement abattus à coups de revolver par un général : exécutés "pour l'exemple".

Pourtant ces dizaines de milliers d'hommes, qui retraitent depuis presque deux semaines, sans ravitaillement régulier, sous une chaleur étouffante, suant sous le poids d'un équipement "mal foutu" de près de 25 kilos et d'un uniforme trop chaud pour la saison, se redressent et repartent de l'avant.

Et beaucoup vont encore tomber à l'ombre des épis mûrs.

Autre initiative de Gallieni : quelque 2 000 fantassins, embarqués à bord de plusieurs centaines de taxis réquisitionnés, rejoignent le champ de bataille aux abords de Nanteuil-le-Haudouin.

Ces renforts ne sont qu'une goutte d'eau dans cette immense confrontation, mais ils volent la victoire au brillant général allemand Von Kluck, lui qui espérait tant frapper un coup décisif. Ainsi, sorte de légende moderne, l'épopée des taxis fait son entrée dans l'histoire.

Mais la guerre continue. Les Allemands après un bref recul se ressaisissent et, profitant du terrain, s'établissent de Verdun à l'Oise sur des positions favorables et facilement défendables.

Un réseau de tranchées continues s'ébauche. De ce fait, les deux ennemis vont essayer de se déborder graduellement en s'étripant en direction de la mer du Nord. C'en est bien fini des certitudes d'une guerre courte, des ambitieuses charges de cavalerie sabres au clair et du retour à la maison avant Noël.

Tranchée française.

Tranchée allemande.

À l'arrière, la population a été gavée d'informations sur la brillante victoire de la Marne et de son artisan, le général Joffre. Mais Gallieni est ignoré, la censure veille et a choisi son camp.

Chaque journal mentionne la vaillance de l'armée professionnelle britannique, vante l'incroyable résistance de la désuète armée belge, met en valeur son courageux peuple et encense son roi. Mais doit aussi informer que sur le front de l'Est, les deux armées russes qui avaient pénétré en Prusse-Orientale viennent d'être anéanties à Tannenberg et sur les bords des lacs Mazures, par Hindenburg, un vieux général allemand précipitamment sorti de sa retraite.

La presse mentionne également des difficultés suscitées par l'arrivée massives des dizaines de milliers de réfugiés qui ont fui devant l'envahisseur. Mais surtout la population est informée de toutes les exactions commises par les armées allemandes. C'est un déchaînement de détails sur les pillages, les rançons, les viols, les crimes, les otages, les destructions de monuments et d'églises. On peut tout savoir sur les blessés achevés, les enfants fusillés, les curés torturés par les "Huns", les "barbares", les "Vandales". Mais le peuple reste sans nouvelles des siens.

Il est bien conscient qu'il y a des prisonniers, des blessés et des morts. Chaque jour, dans toutes les gares, de nouveaux convois amènent des victimes par centaines. Il faut ouvrir des hôpitaux, trouver des personnels, gérer les éprouvantes souffrances des corps mais aussi la détresse des âmes.

On s'aperçoit que beaucoup des blessés évacués, et qui espéraient être sauvés, meurent de manière atroce, achevés par la gangrène gazeuse. Ils ont voyagé pendant des heures et quelquefois des jours dans les wagons "8 chevaux, 40 hommes". Couchés à même la paille souillée par le crottin des chevaux, personne n'ayant songé à nettoyer les wagons et changer les litières.

Et les combats se poursuivent. Les femmes, les enfants et les vieillards ont maintenant la lourde charge de continuer à faire fonctionner l'économie. Il faut nourrir les armées, échanger les effets déchirés et usés, remplacer les fusils perdus, et fournir aux canons de quoi rugir.

La pièce de 75, ce magnifique "bijou" français, mais qui a une portée inférieure à celle de l'artillerie lourde allemande, réclame des obus.

Mais la guerre ne devant durer que 6 à 8 semaines, aucune fabrication n'a été prévue. De toute façon, les usines sont désertées, les ouvriers sont au front. Il faut donc dans l'urgence suppléer au manque de main-d'œuvre, d'acier, d'outillage mais aussi de poudre et d'explosifs. Et comment faire pour ceux-ci ? Le principal fournisseur de produits chimiques, ceux qu'utilisent les poudreries nationales, est la puissante industrie allemande... La crise va prendre une telle importance qu'à la fin de 1914, Joffre en sera à compter journellement le nombre d'obus disponibles par canon.

Et l'histoire va continuer tragiquement en 1915 : nous en reparlerons plus tard.

Pour l'instant les combats

Ernest.

Ernst.

s'éloignent progressivement de la région parisienne, mais restent toujours violents et meurtriers.
Pour l'Allemand comme pour le Français, il s'agit de terrasser l'adversaire. Alors pour satisfaire les impérieux besoins réclamés par la bataille, des dizaines de milliers d'hommes sont déplacés d'est en ouest, mais sans succès notable. Et bientôt les lignes approchent de la frontière belge.
L'automne est arrivé, avec déjà ses frimas hivernaux. Les soldats, fortement éprouvés par les combats et les traumatisantes conditions de vie, doivent maintenant endurer le froid et la pluie. Et bien entendu, rien n'a été envisagé. Les toiles de tente sont rares, les couvertures proviennent le plus souvent de pillages dans les habitations, et les capotes sont en lambeaux.
Pour accélérer les fabrications d'effets il est fait appel au grand couturier Paul Poiret qui dessine une nouvelle capote. Plus facile à porter (elle a un col rabattu), plus rapide à fabriquer (la coupe est simplifiée), économique (elle nécessite moins de tissu et limite le nombre de boutons), elle est taillée dans un drap d'une nouvelle teinte, le bleu horizon. Mais nous sommes encore loin de l'élégance du soldat de métier britannique et de la qualité de ses équipements.
D'ailleurs les officiers britanniques sont souvent choqués, pour ne pas dire plus, par le manque de distinction mais aussi de noblesse de beaucoup de généraux français, républicains et sans blasons.
Mais la petite armée britannique continue de faire le coup de feu avec ses "frères d'armes" français et belges.
Et les jours passent.
Maintenant, le communiqué journalier et officiel fait état d'empoignades dans la basse plaine de l'Yser. Pour arrêter l'avancée allemande, les Belges ouvrent les écluses qui régularisent le flux des marées, et bientôt la région se transforme en un immense lac où se perdent les hommes, se noient les bêtes et s'embourbent les canons. Pourtant, malgré cela, les combats redoublent d'intensité.
Chez l'Allemand, c'est l'arrivée massive de toute une jeunesse estudiantine qui s'est joyeusement engagée volontairement en août. Rapidement instruite elle va être tragiquement immolée au rythme des assauts répétés. Aujourd'hui encore, en Allemagne, on se souvient de ce "massacre des innocents".
Du côté français, c'est l'épopée des fusiliers marins, mais que de misères pour les troupes d'Afrique du Nord et d'Afrique noire qui sont engagées dans ce secteur.
Enfin, début décembre, ce sont les dernières empoignades au bord de la mer du Nord. La course à la mer se termine par une sorte de match nul.
Sur presque 800 kilomètres de front, les deux blocs sont maintenant enterrés. Les troupes sont épuisées, les munitions rationnées, les pertes immenses.

Onze départements français, parmi les plus riches, commencent à vivre sous occupation allemande, et la population découvre accablée la dureté des multiples mesures imposées par les "Kommandantur".
Plus grave encore, les mines de charbon et de fer, les filatures et les hauts-fourneaux, qui représentent un appréciable potentiel industriel, sont définitivement aux mains de l'économie de guerre du Reich.
La guerre va pouvoir continuer.
Les fêtes de la Nativité se précisent. Depuis Washington, le président américain offre sa médiation tandis qu'à Rome le pape propose une grande trêve pour le Noël qui vient. Elle est très vite écartée par l'ensemble des gouvernants; elle fera toutefois son chemin jusque dans les tranchées, où particulièrement les Allemands et les Britanniques oseront de grandes fraternisations.

Mais pour nombre, tout cela ne veut plus rien dire : couchés pour toujours dans la glèbe, morts pour la "Patrie", le "Roi", l'"Empereur" et même "Dieu".

Décembre 1914. Des blessés par centaines de milliers.

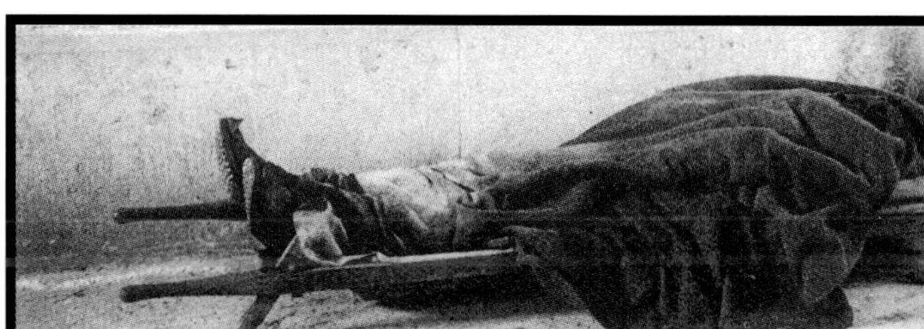

Bilan de l'année 1914

350 000 Français, 250 000 Allemands, 20 000 Anglais, 15 000 Belges, 200 000 Russes sont morts en cinq mois, sans oublier les Serbes, les Autrichiens, les Hongrois, les Turcs et les Japonais.

Bataille de la Marne — Du 5 au 13 septembre.
Du côté français : 21 000 morts, 122 000 blessés, 84 000 disparus.
Pour les Anglais : 3 000 morts, 30 000 blessés, 4 000 disparus.
Pour les Allemands : 43 000 morts, 173 000 blessés, 40 000 disparus.

JEAN-PIERRE VERNEY

1915

Dans les lignes françaises.

Une vie de taupe.

L'hiver est maintenant durablement installé. Que sont devenues les illusions et les certitudes populaires, celles si souvent rencontrées à l'entrée en guerre ? Que reste-t-il des plans et des doctrines des états-majors si longuement et minutieusement travaillés afin de gagner la guerre en 8 semaines ?

De la mer du Nord à la frontière suisse, les combattants sont désormais enterrés pour longtemps. Il faut qu'ils comprennent et s'adaptent à ces nouvelles conditions de vie mais aussi de combat.

En Allemagne, le nouveau commandant en chef, le général Falkenhayn, veut donner la priorité à l'écrasement des armées russes et entend demeurer sur la défensive sur le front français. Par contre, les Français comme les Anglais veulent garder l'initiative.

Les Anglais, qui doutent qu'il soit possible de rompre le front à l'ouest, cherchent un autre théâtre d'opérations, et se tournent vers l'Orient. Éliminer la Turquie limiterait la menace navale en Méditerranée, renforcerait l'encerclement de l'Autriche-Hongrie et de l'Allemagne, soulagerait le front russe et faciliterait les liaisons avec cet allié. Ils imaginent donc forcer le détroit des Dardanelles.

Troupes alliées à Gallipoli (Turquie).

Une première opération navale conduite en février se termine par un échec.

Dans une tranchée française

En mars, une seconde attaque, à partir d'une puissante flotte anglo-française, n'obtient pas plus de résultat. En quelques heures, trois cuirassés, dont un français, sont coulés et quatre autres mis à mal. Ce nouvel échec conduit les Alliés à tenter un débarquement sur la presqu'île de Gallipoli, à l'extrémité sud des Dardanelles. Le 25 avril, Français, Anglais, Australiens et Néo-Zélandais s'élancent le long des plages, mais ils restent contenus sur la côte et ne peuvent déboucher.

Artillerie française

De nouveaux renforts sont envoyés, mais, chaque fois, les troupes turques dirigées par un général allemand empêchent toute progression vers l'intérieur des terres.

Surplombés par les troupes turques, les soldats alliés se retrouvent dans une situation particulièrement difficile. Les combats sur un terrain hostile, la maladie, les difficultés de ravitaillement, sans oublier les mouches et les rats, provoquent la mort de plus de 160 000 hommes dont 30 000 Français.

Cette tentative se transforme en un véritable échec. À la fin de l'année 1915, alors que Berlin et Vienne, avec l'appui des Bulgares (qui viennent de rejoindre les Empires centraux), défont les armées serbes, le réembarquement est décidé et une partie des troupes retirées des Dardanelles est transférée en Grèce, à Salonique.

Dans les lignes allemandes.

Au début du mois de janvier 1916, il n'y a plus de soldats alliés aux Dardanelles. Mais un nouveau front, sous commandement français, est ouvert dans les Balkans ; c'est celui de l'armée dite d'Orient.

De son côté, le général Joffre, têtu, mais qui se voit idolâtré par la presse et comme vénéré par la population, ne peut accepter l'immobilisme. Il reste persuadé que l'initiative est la seule façon de provoquer la rupture des lignes allemandes et d'amener le recul de l'adversaire. Il va donc persévérer tout au long de l'année dans l'action offensive. Est-il conscient de l'incontestable supériorité de l'artillerie lourde allemande associée à une intelligente stratégie défensive ? Est-il informé du réel état de fatigue des hommes ? Analyse-t-il la véritable cause des pénuries en munitions et connaît-il la fragilité de l'outil industriel ?

Il faudra attendre le milieu de l'année pour voir s'installer un embryon de

Une mitrailleuse française sur le front serbe.

Printemps 1915. Le nouvel uniforme français.

plan d'économie de guerre, et des programmes de production.
A-t-il pris mesure des dégâts causés par la doctrine de l'offensive à outrance ?
Réalise-t-il que les moyens de défense, qui se perfectionnent chaque jour, limitent ou neutralisent toutes les actions offensives ?
Imagine-t-il le quotidien des pauvres bougres, loqueteux, crottés, puants, transis de froid, sans équipements appropriés, qui se terrent et se demandent si tout cela va s'arrêter un jour ?
Ce soldat de l'hiver 1914-1915 qui ressemble le plus souvent à un chiffonnier, tant par son accoutrement que par ses façons de vivre, verra toutefois les tenues provisoires être progressivement remplacées par le nouvel uniforme bleu clair, vite appelé bleu horizon. En juillet, ce sont les premières distributions du casque d'acier. Celui-ci va identifier pour longtemps la silhouette du soldat français de la Première Guerre, et la faire entrer dans la grande histoire.
Pourtant il a fallu le défendre, ce casque.
Avec l'apparition des tranchées, il est constaté une recrudescence des blessures à la tête. Une protection est souhaitable, mais Joffre estime que les aciers doivent avant tout servir à fabriquer des obus. Il aurait même dit qu'il ne voyait pas l'intérêt de mettre en fabrication un casque, alors que la guerre serait terminée avant même qu'il puisse être distribué. Un intendant militaire, du nom d'Adrian, propose alors une protection provisoire, une simple calotte en tôle, demi-sphérique, la cervelière. Vite fabriquée et distribuée, elle n'est pas très prisée par les utilisateurs, mais on remarque immédiatement une véritable diminution du nombre de plaies à la tête, et une moindre gravité de celles-ci.
La guerre continuant, Adrian propose une nouvelle protection plus adaptée et pratique. C'est un casque d'acier, facile à fabriquer, et peu coûteux.
Enfin acceptée, une fabrication en grande série permet une distribution rapide, et à la fin de l'année plus de 3 millions de casques seront déjà livrés aux armées.
Un autre problème est révélateur de l'impréparation industrielle française : le manque de fusils. Les combats, la retraite et les pertes mensuelles représentent en ce début d'année plus de 450 000 fusils Lebel, soit le 1/6 des armes disponibles. La production a cessé en 1904 et rien n'a été envisagé en cas de conflit. Le ministère de la Guerre tente de passer des marchés, surtout à l'étranger, mais sans réel résultat. Une deuxième solution, absolument pas satisfaisante pour les troupes du front, consiste à transformer les 700 000 fusils à un coup du vieux modèle 74 appelé Gras, afin qu'il puisse utiliser la cartouche de 8 mm du fusil Lebel.
En janvier, 40 000 fusils Gras transformés sont livrés aux armées. Mais il faudra attendre le milieu de l'année pour que débute, avec l'aide de l'industrie privée, la production d'un nouveau fusil, le modèle 07-15, à partir d'une arme créée à l'origine pour les troupes indigènes et dotée d'un chargeur à 3 cartouches.

Tranchées allemandes dans les dunes de la mer de Nord.

En arrière des lignes françaises.

En arrière des lignes allemandes.

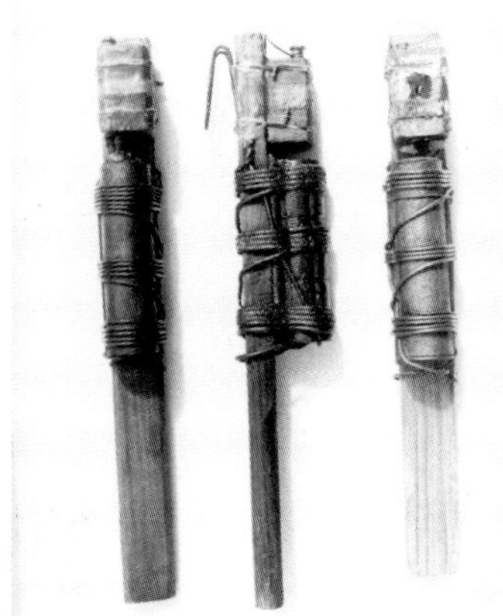

Grenades artisanales françaises.

Par contre, le commandement, qui avait étudié et expérimenté depuis le début du siècle l'utilisation d'armes légères automatiques, se décide à renforcer la puissance de feu de l'infanterie. Dans la précipitation, il est décidé la fabrication d'un fusil mitrailleur, à partir d'un prototype essayé en 1910, et semble-t-il apte à une production de masse. C'est le fusil mitrailleur modèle 1915, appelé Chauchat. Après un démarrage difficile, la production s'élève à plus de 13 500 exemplaires mensuels en octobre 1915. Cette arme, qui sera beaucoup décriée, préfigure toutefois les productions de masse, et bon marché, des armes automatiques de la Seconde Guerre mondiale.

Joffre, qui va peu à peu s'imposer, sans en avoir aucun titre, comme le chef des armées alliées, est-il hanté par le mythe de la percée ? Sans attendre il impose sur le front occidental une succession d'offensives de rupture, toujours plus puissantes, mais aussi plus meurtrières.

Cela commence en Champagne début 1915, où 90 000 hommes appuyés par 200 vieux canons ne parviennent qu'à égratigner les lignes allemandes, puis cela se poursuit inutilement dans l'Aisne.

Un des premiers mortiers français, dit "Crapouillot".

Avril-mai 1915. Protection rudimentaire contre les gaz.

Au printemps le Grand Quartier Général ordonne une série d'offensives sur le front de l'Artois. Et, toujours optimiste, Joffre déclare au président de la République Poincaré : "Je compte obtenir une décision en France avant le mois de mai." Bien sûr il y a quelques succès locaux, mais à quel prix. Enfin, à l'automne, Joffre lance son offensive de la victoire. 300 000 hommes soutenus par 2 000 canons attaquent en Champagne sur un front de moins de 35 kilomètres et 100 000 autres repartent à l'assaut sur la déjà très sanglante terre d'Artois. Bien entendu il y aura quelques avancées, des crêtes franchies, des bois traversés, des premières lignes conquises. Quelques hommes parviennent même, sur cette terre crayeuse de la Champagne pouilleuse, jusqu'à l'arrière des lignes allemandes, mais ils doivent s'arrêter, épuisés, et les renforts n'arriveront jamais.

Voici encore quelques kilomètres gagnés, mais la multiplication des cimetières qui jalonnent la ligne de feu en représente aussi le prix. Ce foisonnement de croix, la population l'ignore. Elle est bercée et conditionnée par une information contrôlée. La censure empêche toute critique contre le gouvernement, l'armée, ses chefs, et l'état de guerre en général. À l'inverse, le pays est gavé de nouvelles rassurantes sur la complicité et les réussites des troupes de l'Entente, le succès du blocus maritime et la famine qui s'ensuit dans les Empires centraux. En même temps, le "bourrage de crâne" insiste sur la mauvaise qualité des munitions allemandes, vante la lâcheté des "Boches", et multiplie leurs pertes. Le peuple est donc bien loin des réalités de la guerre. Les combattants eux-mêmes, autant pour rassurer les leurs que par pudeur, taisent en partie les horreurs qu'ils vivent au quotidien.

Si l'obstination, presque outrancière, et le manque d'imagination caractérisent bien ces grands assauts de 1915, que dire des opérations locales qui tout au long de l'année vont être lancées sur les positions allemandes ? Souvent initiées par le commandement pour maintenir le moral des troupes et entretenir l'insécurité chez l'ennemi, elles seront le plus souvent incohérentes, eu égard aux résultats, aux coûts et aux pertes.

Argonne, Woëvre, Vosges, Vauquois, Éparges, Linge, Vieil-Armand, combien de secteurs qui vont voir s'affronter, dans des mêlées furieuses et meurtrières, quelques centaines de combattants des jours et quelquefois des semaines durant ? Et cela pour gagner quelques mètres de terrain, un entonnoir de

Septembre 1915. Une nappe de gaz.

Septembre 1915. En Champagne, les troupes françaises rejoignent la première ligne.

mine, un observatoire, un bois qui n'en a plus que le nom ou un village entièrement ruiné.

Certes le tracé des lignes françaises, loin d'être toujours favorable, pouvait imposer des rectifications de front, mais que des dizaines de milliers d'hommes soient tombés pour cela prouve avant tout l'entêtement d'états-majors encore incapables de s'adapter à cette guerre de positions. Plus grave encore, les pertes étaient si désastreuses qu'elles conduisaient à de nouvelles tentatives. Il fallait justifier de ne pas avoir consenti en vain les sacrifices précédents.

Cette guerre de taupes demande des armes, des matériels et des protections particuliers alors que tout fait défaut. En attendant que l'industrie fournisse de l'artillerie de tranchée, des grenades, des boucliers, des tôles pour les abris et des barbelés en quantité, les combattants français vont s'employer à trouver des solutions, rudimentaires mais appropriées, pour répondre aux tirs des nombreux mortiers allemands installés en première ligne, ainsi qu'aux jets de grenades à main et à fusil, distribuées à profusion.

Pour les grenades, un petit pain d'explosif, une mèche, une bouteille ou une vieille boîte de conserve emplie de cailloux, de clous ou d'éclats, voilà la première réponse française. Il existe bien une grenade réglementaire, une simple boule

La guerre souterraine.

directement surgie du Premier Empire, mais normalement en dotation pour la défense des forts, elle n'arrive aux tranchées qu'en petite quantité. Alors rapidement les armées réagissent et fabriquent, avec les éléments trouvés sur place, des raquettes et des pétards, mais c'est encore bien rudimentaire.

Militaires comme privés, industriels étrangers ou français, chacun y va de son invention ou de son modèle. Des dizaines d'engins différents sont expérimentés, des dizaines d'autres sont achetés, mais il faudra attendre la fin de l'année pour que les combattants reçoivent des modèles réglementaires, sûrs et efficaces.

Pour l'artillerie de tranchée, c'est encore le système D qui va s'imposer. Les quelques anciens mortiers datant de Louis-Philippe, sortis rapidement des arsenaux, ne suffisent pas à compenser l'infériorité française. Il est imaginé d'utiliser le corps des obus allemands à balles de 77 et de 105 comme lanceur et de fabriquer des projectiles, à partir de douilles d'artillerie. C'est l'origine de petits mortiers appelés Cellerier. Vraiment rustiques, simples à fabriquer, et faciles à utiliser, ces petits mortiers de tranchées seront souvent, à la fin de l'automne et pendant l'hiver 1914-1915, la seule réponse aux puissants matériels allemands.

Mais c'est un militaire qui va intercéder auprès de Joffre et obtenir les moyens d'expérimenter et de fabriquer le premier canon de tranchée vraiment sérieux, le mortier de 58. Pourtant hâtivement fabriqué, avec des éléments de bric et de broc (ce n'est qu'un simple tube sur lequel s'emmanche la courte tige d'une grosse torpille à ailettes), il va très vite s'imposer en première ligne.

Rapidement amélioré, livré à plusieurs centaines d'exemplaires, et pouvant lancer à 200 ou 300 mètres des torpilles de plus en plus lourdes et très dévastatrices, c'est le très populaire "crapouillot". Utilisé le plus souvent par des "têtes brûlées", son arrivée dans la tranchée de première ligne n'est pas toujours bien vue par le fantassin. Sa présence annonce souvent un coup de main ou une préparation d'offensive, et ses tirs attirent et concentrent

Septembre 1915. Prisonniers allemands.

immédiatement les dangereuses et redoutées répliques allemandes.
En fait, ce sont les Allemands qui s'accommodent le mieux de cette éprouvante guerre de positions. Pourtant, malgré sa supériorité en artillerie, sa stratégie défensive, une réelle tradition de soldat terrassier, et déjà cette conviction d'être installée pour longtemps, l'armée allemande, tout au long de l'année 1915, sera à son tour dans l'obligation d'utiliser des mortiers et des munitions artisanaux.
Par contre l'Allemagne, reconnue comme la première puissance industrielle et chimique de l'Europe, va rapidement et brutalement tenter de vaincre l'immobilisme provoqué par l'ensevelissement des combattants. Et pour cela, elle va prendre la délicate responsabilité d'employer le gaz de combat. En fait, déjà avant que le conflit ne débute, il existait à Berlin, au ministère de la Guerre, une section scientifique qui travaillait sur l'utilité militaire des découvertes scientifiques et industrielles.

Sous l'autorité d'un chimiste de renommée internationale, Fritz Haber, une partie des études concernaient l'utilisation de produits suffocants capables de provoquer l'incapacité de l'adversaire. Et cela en contradiction formelle avec les accords internationaux de La Haye, signés en 1889, qui interdisaient l'emploi de l'arme chimique et des liquides enflammés.
Fin 1914, un essai est effectué sur le front russe, mais le froid contrarie la gazéification de la nappe de chlore et en limite les effets délétères. Les soldats russes ont simplement été incommodés. Il est donc décidé de faire une nouvelle tentative, mais cette fois-ci sur le front occidental et sur un espace plus large.
Début avril, dans le secteur d'Ypres en Belgique, un déserteur allemand informe que l'ennemi prépare une puissante attaque et que celle-ci serait précédée d'une émission de gaz toxique. Malgré des indications précises, les renseignements ne sont pas pris au sérieux et aucune alerte, ni aucune information, ne sont données aux troupes en ligne.
Le 22 avril en fin d'après-midi, les fantassins français, belges, anglais et canadiens voient, avec curiosité, s'élever de la tranchée allemande un vaporeux nuage verdâtre. Poussée par un vent léger, cette première émission, qui n'est en fait qu'une nappe de chlore, fait plus de 5 000 morts. Mais les Allemands ne peuvent exploiter l'effet de surprise, et cette arme nouvelle qui devait amener à la fin de l'affrontement va simplement ajouter aux multiples tourments de tous les combattants.
Très vite, chaque camp va s'employer à améliorer la toxicité des gaz utilisés, faire progresser les moyens de dispersion des produits et fournir aux soldats des moyens de protection individuels. Au départ ce sont de simples compresses, puis associées à des lunettes, ensuite des cagoules et enfin de véritables masques avec cartouches filtrantes.
À cette même époque, toujours en contradiction avec les accords internationaux de La Haye, les Allemands, en Argonne, utilisent pour la première fois des liquides incendiaires, projetés à partir de lance-flammes. Cette arme ne va pas révolutionner la guerre, mais en renforcera le côté cruel et inhumain.

C'est également dans cette région qu'une petite butte, celle de Vauquois, couronnée par un humble village lorrain, va devenir un des hauts lieux d'une autre forme de guerre ; la guerre des mines. Cette pratique ancienne de la guerre de siège va se poursuivre sous cette colline pendant des mois. Les pionniers allemands et les sapeurs français vont se livrer à une anxieuse guerre souterraine, creuser des centaines de mètres de galeries, charger des dizaines de chambres d'explosion avec des tonnes d'explosifs.
Et sur la butte, les fantassins, impuissants, ne pouvaient qu'espérer être relevés avant qu'une explosion ne survienne. Le village va être pulvérisé jusqu'à complète disparition, le sommet sera criblé de cratères de plus en plus profonds, et des dizaines d'hommes vont disparaître, ensevelis et broyés. Cette forme de guerre angoissante était-elle justifiée ? Volatiliser quelques dizaines ou même une centaine de mètres carrés de terrain ne pouvait que faire massacrer quelques hommes de plus.
Devant autant de misères, d'angoisses et de tourments, le soldat ne peut qu'attendre que cela finisse. Pour certains, l'épreuve est si forte qu'ils n'hésitent pas à s'auto-mutiler ou parfois se suicider. Pour d'autres, c'est essayer de s'éloigner de l'enfer en se provoquant des symptômes, des lésions ou des maladies : tentatives désespérées pour se faire évacuer. Certains médecins vont d'ailleurs se complaire, sans discernement, à accuser certains

vrais ou faux blessés de mutilations volontaires, ce qui va en conduire plusieurs devant le peloton d'exécution. La justice militaire est maintenant rapide, et surtout rendue pour l'exemple. Le refus d'obéissance et l'abandon de poste devant l'ennemi ne pardonnent pas.

Plus grave et inquiétante est la décimation. Dans quelques cas ce sont des hommes sélectionnés ou désignés par hasard qui doivent répondre au nom de la compagnie ou du bataillon parce que les ordres, souvent impossibles, n'ont pas été exécutés. Certains officiers abusent des conseils de guerre, des injustices sont commises, des forfaits évidents, des erreurs criantes. Mais la discipline doit rester la force primordiale des armées.

Pour d'autres encore, mais pas en nombre, c'est la désertion ou la reddition à l'ennemi. D'ailleurs Joffre fait savoir aux troupes que la guerre terminée les prisonniers, de retour, seront jugés.

Et pourtant la vie quotidienne en première ligne est un véritable calvaire avec de nombreux chemins de croix. La mort plane en permanence, l'hygiène la plus élémentaire est impossible. Les corvées éreintantes, de jour comme de nuit, brisent les reins. Les tranchées sont immondes, boueuses, fétides et, comme du côté français il y a encore cette certitude que tout cela est provisoire, pourquoi en faire plus ? La promiscuité, l'éloignement, le manque de nouvelles, et cela est particulièrement vrai pour les hommes venant des départements occupés, provoquent mélancolie et déprime. Mais inconsciemment, ils vont, par des activités manuelles, s'occuper autrement l'esprit. C'est donc surtout en 1915 que se développe sur l'ensemble du front toute une production d'objets utilitaires ou artistiques vite appelée artisanat des tranchées. Mais c'est également l'année de l'apparition d'une presse bien particulière, celle du front. Elles étaient savoureuses, émouvantes et souvent précaires, ces petites gazettes où, les rédacteurs, ne sachant jamais ce que le demain serait, se hâtaient de rire de tout et de rien. Plus ou moins professionnelles, sans date fixe de parution, elles inquiétèrent fortement le Grand Quartier Général. Mais finalement cette presse "bleu horizon" fut encouragée.

Une autre grande décision très attendue et qui va contenter les combattants autant que les familles intervient à partir du mois de mai : c'est la permission. Bien entendu elle n'est pas assez longue, seulement 5 jours, sans compter les délais de route. Mais retrouver son foyer, ses parents, ses enfants, ses amis, se laver, se promener, sans risquer sa vie, ce sont toujours des moments volés à la tuerie et à l'enfer.

Et pendant ce temps, les gendarmes et les maires continuent de recevoir les avis de décès à porter aux familles. Mais comme un suprême hommage, le législateur crée la Croix de guerre, une décoration "Pour les braves", et décide en juillet que, pour chaque soldat ou civil tué par l'ennemi, la mention "Mort pour la France" soit portée

Automne 1915. À l'arrière des lignes britaniques.

Septembre 1915. Après l'assaut, fantassins français coiffés du casque Adrian.

Un atelier de fabrication d'artisanat de tranchée.

La mort au quotidien.

sur les registres de l'état civil.
Et le soldat dans la tranchée continue de courber l'échine. En mai, intervient un événement de nature peut-être à le rassurer. L'Italie, après des semaines de négociations et de sordides marchandages, se

Dans les lignes allemandes.

décide et déclare la guerre aux Autrichiens. Et ce nouveau front européen va très rapidement devenir à son tour un immense tombeau.
Et la guerre continue. Joffre, qui manque d'artillerie lourde, désarme les forts et rassemble les anciens canons du système de Bange dans les secteurs les plus dangereux. Ils peuvent au mieux tirer un obus toutes les 3 ou 4 minutes. Par contre, l'artillerie de campagne connaît une grave crise. Les nouveaux obus de 75, fabriqués trop rapidement, par tournage et non plus par forgeage, éclatent au départ du coup dans le tube du canon. Des centaines de pièces de 75 sont rendues inutilisables, tuant et blessant les artilleurs.
Et la guerre continue. Sur le front russe, les Allemands et les Autrichiens contraignent les troupes du tsar à reculer de plus de 150 kilomètres, mais ils ne peuvent les anéantir malgré l'importance des forces jetées dans la poursuite.
À l'automne, la Bulgarie à son tour se laisse happer par les pulsions guerrières et elle s'associe aux Austro-Allemands pour envahir la Serbie. Attaqué au nord et à l'est, le gros de l'armée serbe ne peut que battre en retraite vers la côte adriatique. Quant aux renforts français venant de Salonique, ils arrivent trop tard. Mais cette armée d'Orient, complètement dédaignée par Joffre, qui veut garder toutes ses forces pour son propre front, fera parler d'elle un peu plus tard.
Au Moyen-Orient, sur le front du Caucase, les Russes et les Turcs restent face à face, alors que plus au sud, une armée ottomane ne peut franchir le canal de Suez, les Britanniques amenant sans cesse des renforts venant principalement des Indes, d'Australie et de Nouvelle-Zélande. Mais une nouvelle tragédie commence : la déportation des populations arméniennes.
Dans le désert de Mésopotamie, les troupes britanniques qui remontaient vers Bagdad doivent se replier puis se rendre aux Turcs. C'est un rude camouflet qui ternit la grandeur de l'impériale Angleterre auprès des populations arabes. Enfin en Afrique, presque toutes les possessions allemandes sont aux mains des Alliés.
Et la guerre continue. En décembre, Joffre est nommé commandant en chef des armées françaises, et lorsqu'on lui demande ce qu'il en est de ses actions militaires, il répond, rassurant, en parlant des Allemands : "Je les grignote." Connaît-il le chiffre des morts depuis janvier ? Ce sont pour la France 350 000 nouvelles victimes qui s'ajoutent à celles de l'année 1914.
Mais pour l'instant sa préoccupation principale est la réunion de tous les chefs des armées alliées à son Grand Quartier Général de Chantilly. Il faut déjà pro-

Décembre 1916. Tous les chefs alliés au Grand Quartier Général de Chantilly.

grammer les grandes offensives à venir pour 1916. Attaquons, attaquons, à l'est, au sud, et à l'ouest mais attaquons sur tous les fronts.
Au même moment, à Berlin, le haut commandement décide de porter son principal effort sur le front occidental : la France est l'ennemie à vaincre, et Verdun l'objectif choisi.

Pertes des armées françaises par période.
Morts, disparus, prisonniers :
Décembre 1914 à janvier 1915 : 74 000.
Février à mars : 69 000.
Avril à juin : 142 000.
Juillet à août : 48 000.
Septembre à novembre : 131 000.
Soit 464 000.

Nombre de blessés pour l'année 1915 : 1 326 911.
Malades : 1 177 390.
Pensionnés au 1er janvier 1916 : 278 000.

Bataille de Champagne
du 25 septembre au 15 octobre 1915 :
Tués, disparus, prisonniers : 81 509.
Blessés : 98 305.

JEAN-PIERRE VERNEY

1916

Après 16 mois de commandement, Joffre n'est plus tout à fait le chef incontesté. La classe politique écartée des décisions militaires dès août 14, ostensiblement désinformée par le GQG et tenue à l'écart par le généralissime, commence à réagir. Les interrogations et les sujets de mécontentement s'accumulent.

Déficiences du commandement, carences matérielles notoires, maladresses diplomatiques, conduite de la guerre, autant de points que les parlementaires soulignent et discutent. Pour éteindre les doutes et faire taire certaines critiques le président du Conseil Aristide Briand, qui espère ranimer l'unité nationale, nomme Joffre, le 2 décembre 1915, commandant en chef des armées françaises. Cela correspond bien à une des attentes de Joffre car, pour lui, il manque un patron pour les armées alliées. Et bien entendu il vise cette fonction. C'est donc un pas vers ce poste espéré.

Une cuisine roulante.

Le 6 décembre c'est donc un Joffre confiant qui, de sa propre initiative, réunit à son Grand Quartier Général de Chantilly les autres principaux responsables militaires alliés. Unanimement ils acceptent sa proposition d'offensives simultanées sur l'ensemble des fronts des armées de l'Entente. Le moment idéal pour attaquer devant se situer au début de l'été.

La réussite de ce grand conseil de guerre fait la preuve que les chefs militaires lui reconnaissent une sorte de suprématie de commandement. Sans avoir été désigné, il est bien considéré comme le chef des armées alliées. Mais le général Haig, commandant les forces britanniques, se verrait bien, lui aussi, devenir le responsable des opérations sur le front occidental. Conformément aux directives de Joffre, un plan d'attaque sur le front occidental est adopté début février. La bataille sera commandée par le général Foch, commandant le groupe d'armée du Nord, et le coup sera porté dans la Somme, par 42 divisions soutenues par 1 700 canons lourds. Néanmoins, de leur côté, les Britanniques construisent leur propre opération, au détriment de l'attaque massive approuvée à Chantilly.

Du côté allemand, confronté aux effets maintenant incontestables du blocus maritime allié et n'ayant pas obtenu la victoire escomptée sur le front russe, il devient vital de rompre le prolongement de la guerre. Et une victoire militaire majeure sur la France ou la Grande-Bretagne devrait imposer l'ouverture de négociations. Dans ces conditions elles seraient encore favorables pour Berlin.

Ainsi, Falkenhayn, le généralissime allemand, otage tout au long de l'année 1915 de l'irritante élasticité du front russe, décide-t-il brutalement de retourner ses forces sur le front occidental et d'y fournir son principal effort.

Le calme avant l'attaque allemande.

Fort de Douaumont. Janvier 1916.

Pourtant début janvier, tout à la préparation de son "coup de grâce", Joffre reste sourd à différents racontars concernant la région de Verdun et qui parviennent à Chantilly. De plus en plus précis, des indices puis des renseignements indiquent des préparatifs d'une attaque

21 février, l'attaque allemande.

allemande devant Verdun pour le début du mois de février.

Les rumeurs arrivent jusqu'au Parlement et à l'Élysée. Poincaré s'inquiète. Il fait savoir à Joffre qu'il envisage de parcourir le plus tôt possible la région fortifiée de Verdun pour se rendre compte sur place de la situation. Mais Joffre l'en dissuade, puis lui propose de l'accompagner. Et Poincaré accepte. À Verdun, il entend pouvoir lui adresser de vive voix les graves et urgentes questions qui le troublent. De fait, par diverses sources, il a été informé du très mauvais état des défenses en avant de Verdun. Driant, un officier supérieur mais également écrivain et député, alarme depuis plusieurs semaines de l'absence de deuxième ligne et des difficultés à obtenir les matériaux et les approvisionnements devant servir à renforcer les positions. Des généraux, troublés par certaines décisions édictées par le Grand Quartier Général, ne se sont pas gênés pour en informer des parlementaires à l'oreille attentive.

Mais le silence de Joffre persiste. Poincaré insiste et communique ses craintes à Gallieni, le nouveau ministre de la Guerre. Alors Joffre talonné répond, rassure, justifie, mais très mécontent d'être critiqué dans son rôle de commandant demande à connaître l'identité de ses détracteurs. "Le seul fait que le gouvernement accueille des communications de ce genre [...] est de nature à jeter un trouble profond dans l'esprit de discipline de l'armée."

Pourtant, le 19 janvier il envoie le général de Castelnau inspecter la région. Dès son retour celui-ci remet un rapport très sévère, alarmiste même sur les faiblesses défensives du secteur. Mais Joffre entièrement concentré sur la préparation de sa bataille de la Somme ne veut toujours pas se laisser influencer. Pour lui, "du point de vue stratégique, Verdun, vu du côté allemand, ne se justifie pas". "La conclusion de la guerre ne pourra se produire que par un bouleversement majeur et ce terrain ne s'y prête pas." Il faudra attendre le 10 février pour qu'à Chantilly, il admette enfin la possibilité d'une puissante attaque allemande sur Verdun et donne des ordres pour préparer l'acheminement de matériels, de canons (170), et de troupes vers la région fortifiée.

À ce moment, une grande partie des unités d'assaut du Kronprinz est déjà en place, blottie dans les tranchées de départ. Les Allemands ont fixé l'attaque *Jugement dernier*, c'est le nom de code de l'opération, au samedi 12 février.

Mais pourquoi Verdun ?

En 1914, la place a prouvé ses possibilités de résistance en bloquant les manœuvres allemandes et, avec ses 28 forts et ouvrages dont certains très modernes, elle reste un des piliers du front français. Quant au fort de Douaumont, sorte de cuirassé terrestre ancré devant la ville, il en est l'invulnérable gardien.

Dans ce secteur, le front français forme un grand saillant dangereusement en pointe dans les lignes allemandes. Cette géographie expose, sur les deux flancs, une grande partie des troupes françaises aux tirs de l'artillerie allemande.

Ensuite, la poche est traversée à sa base par la rivière Meuse, ce qui fragilise les communications et les possibilités d'approvisionnements des troupes françaises installées sur la rive droite. Du côté allemand l'important couvert forestier devrait assurer le camouflage des préparatifs de l'attaque. Ensuite le maillage des réseaux ferrés et routiers est dense et bien structuré dans le camp allemand. Enfin il s'y ajoute une raison dynastique. La Ve armée qui va attaquer est commandée par le Kronprinz Guillaume, fils aîné de l'empereur et futur héritier de l'Empire.

Mais au-delà de ces considérations militaires, Falkenhayn a persuadé le Kaiser que la chute brutale

23 février, les premiers prisonniers français.

25 février, les renforts français arrivent.

Fort de Douaumont, janvier.

Un des camions qui approvisionnent l'armée française.

de la vieille cité française aurait un impact considérable sur le moral des armées et de la population française. Que le prestige de l'armée allemande reprendrait vigueur et que cela contrarierait très sérieusement les préparatifs de la grande bataille franco-anglaise supposée se produire dans les mois à venir. Et il insiste sur l'effet de surprise de son opération. Concentré sur un front très limité, cela évitera de faire appel à des effectifs tels que les autres fronts en seraient dégarnis de manière préoccupante. Falkenhayn est, à ce moment, persuadé que la puissance de son artillerie pilonnant ce petit secteur, étroit et partiellement isolé de la rive droite de la Meuse, lui donnera immédiatement la maîtrise du terrain et amènera la chute presque immédiate de la cité.

Du côté français Joffre, qui ne croit plus aux fortifications permanentes depuis la chute des forts belges et français écrasés sous les obus des mortiers lourds allemands en 1914, a démantelé les places fortes et les a transformées en simples zones fortifiées. Et ce depuis août 1915.

Suivant cette logique, l'artillerie des forts, y compris les pièces de flanquement nécessaires à leur défense rapprochée, a été prélevée au bénéfice des armées en campagne. Il ne reste donc dans les ouvrages que les quelques pièces sous tourelles qui sont indémontables.

Une terre bouleversée par l'artillerie.

Bombardier allemand.

Quant aux garnisons permanentes, elles ont été supprimées et remplacées par de petites formations de vieux soldats territoriaux.

Ce déni de la fortification permanente est un exemple des aveuglements qui ont frappé les élites militaires dès le début de la guerre. Comment expliquer ce manque évident de bon sens, alors que des millions d'hommes sont simplement terrés dans des tranchées sommaires ? Pourtant le moindre abri bétonné devrait apparaître comme un solide atout supplémentaire dans le système défensif.

Depuis le début de l'année 1915, l'isolement du secteur est bien connu à Chantilly et si quelques améliorations ont été entreprises, en février 1916, il ne se trouve qu'une seule route venant de Bar-le-Duc pour accéder à Verdun. Quant au chemin de fer, il n'existe qu'une unique voie reliée au réseau national, mais elle est régulièrement sous le feu des canons à longue portée de l'ennemi. Il reste, venant de Bar-le-Duc, un petit chemin de fer régional à voie réduite appelé le Meusien, mais il est pour le moment incapable de répondre aux impérieuses exigences logistiques d'une grande bataille.

Aviation française d'observation.

Mais tout cela est bien éloigné des préoccupations immédiates des hommes qui tiennent le secteur. Pour échapper au froid mordant de ce début février, ils se terrent le plus possible au fond des abris.

De l'autre côté, dans la plus grande discrétion, 900 canons, dont 2/3 de pièces lourdes attendent l'heure. L'action de cette artillerie est primordiale. Sa soudaineté doit étouffer toutes les velléités de résistance. Sa brutalité va pulvériser les premières lignes, et les barrages d'obus de gros calibres, concentrés sur les lignes de communication et les arrières du front, se doivent d'isoler les survivants.

Mais le 12 un épais brouillard recouvre la région, ce qui interdit l'observation des objectifs. L'attaque est reportée de 24 heures.

Le 13 le temps est encore détestable et il persiste les jours suivants. Le 18 février les troupes d'assaut, qui sont très inconfortablement installées en première ligne, sont renvoyées à l'arrière. Enfin le 20 le ciel se dégage

Usine Peugeot à Audincourt (Doubs).

Dépôt français de munitions.

Fort de Douaumont, juillet.

Blessé français, transporté par des Allemands.

La face sud du fossé du fort de Vaux.

et, sous un froid très vif, les troupes d'assaut retournent en premières lignes.

Pendant ce temps, le haut commandement français, renseigné par de nombreuses informations contradictoires, en arrive de nouveau à douter fortement de l'imminence d'une attaque sur Verdun.

Le lundi 21 février à 4 heures du matin, solitaire, un gros projectile de marine éclate à proximité de la cathédrale. Puis à 7 h 12 heure française, 8 heures à l'heure allemande, éclate une brutale et intense canonnade qui se transforme progressivement en un bombardement d'une violence encore jamais rencontrée. À partir de 15 heures les tirs s'accentuent et à 16 h 45, alors que la nuit tombe, l'infanterie

Verdun.

allemande sort de ses tranchées et commence sa progression sur la rive droite de la Meuse. Sur un front de 8 kilomètres, les troupes d'assaut s'élancent avec confiance vers la cité.

La bataille de Verdun vient de commencer. Elle va durer 300 jours et 300 nuits.

Le 25, comme un coup de tonnerre, l'armée allemande offre à la propagande impériale une brillante démonstration de sa supériorité avec la prise du fort de Douaumont. Ce succès laisse présager la chute imminente de Verdun.

Pendant une dizaine de jours l'assaillant bouscule les défenses françaises, mais il ne parvient pas à disloquer le front. En effet depuis le 25 février Joffre a confié au général Pétain la défense de Verdun. Celui-ci l'a organisée sur les deux rives de la Meuse et s'est attaqué immédiatement à un problème majeur pour la défense : la mortelle déficience des voies de communication.

Le 4 mars le grand état-major allemand doit admettre l'évidence, son offensive fulgurante est un échec. Le 6 mars Falkenhayn transforme radicalement ses objectifs, il étend son offensive sur la rive gauche. La détermination française de défendre Verdun vient de conduire Falkenhayn à une nouvelle stratégie, celle de l'usure des armées françaises. L'écrasante supériorité de son artillerie ne pourra qu'entraîner très rapidement des pertes humaines innombrables et une atteinte morale décisive.

Attaques, contre-attaques, assauts, une lutte acharnée va opposer les deux peuples. Une seule consigne pour les Français : tenir.

Mort-homme, Cote 304, Avaucourt, ravin de la Hayette sur la rive gauche, Douaumont, la Caillette, Vaux, Fleury, Thiaumont, sur la rive droite, sont autant de lieux que les combattants vont associer à l'enfer. Ruines de villages, restes de bois, vestiges de fortifications sont pris, perdus, repris alors que gaz, lance-flammes et mines en rajoutent aux misères quotidiennes.

Pourtant Joffre estime que l'initiative est trop allemande et surtout il est agacé par les demandes répétées de Pétain qui réclame sans cesse des hommes et des moyens. Ce qui ne peut que contrarier sa propre offensive dans la Somme. Fin avril il éloigne Pétain du sanglant champ de bataille en lui confiant le commandement du groupe d'armée et il confie le commandement de l'armée de Verdun à une étoile montante, le général Nivelle. Mais cela ne change pas le quotidien des défenseurs, toujours sous le feu d'une artillerie allemande dominante.

Au début de la bataille l'aviation allemande contrôlait le ciel et maîtrisait les réglages de son artillerie, mais à partir d'avril l'aviation française reprend la maîtrise du ciel et assure avec précision et régularité les dangereuses missions de photographie aérienne, de réglage des tirs, et d'observations. Les lents et frêles appareils Farman et Caudron se trouvent progressivement mieux protégés par une chasse chaque jour plus énergique et

Épouillage sous le bombardement.

Juillet, dans la Somme, artillerie lourde anglaise.

audacieuse qui harcèle les appareils ennemis. D'autres ne laissent aucun répit aux yeux allemands en se spécialisant dans la destruction de leurs ballons d'observation. Pourtant, avec lenteur, lambeaux de terres après vestiges de bois, restes de fortifications après ruines de villages, les Allemands grignotent cette sanglante terre complètement calcinée.

Adelphe Pousse, un curé de campagne aumônier régimentaire à Verdun, décrit ainsi sa visite de l'ouvrage de Thiaumont : “Les boches qui l'avaient pris avaient été emmurés dedans par notre artillerie, on marche le corps en deux dans de la bouillie humaine, car c'est partout un mélange d'eau, de boue et de cadavres, des bottes allemandes dans lesquelles sont des tibias pendent à la galerie, ce sont des soldats qui ont été écrasés par l'effondrement du plafond : nous nous sommes mis du coton imbibé de menthe dans le nez [...]. Quelle mort épouvantable pour les soldats qui y étaient, car il leur était impossible d'essayer de percer le béton.”

Pendant ce temps, les principaux responsables socialistes européens, réunis à Kienthal en Suisse, appellent solennellement à une paix “sans annexion ni indemnité” et demandent à leurs parlementaires d'abandonner leurs postes gouvernementaux et de ne plus voter les crédits de guerre.

Brancardiers britanniques.

Et que de drames sur cette terre lunaire qui ne cesse de rugir, de jaillir, et de tanguer. En février les hommes mouraient de froid, maintenant ils meurent de soif, demain ils périront noyés dans la boue.

Aucun endroit n'est sûr. Le 8 mai au matin, une très forte explosion ébranle le fort de Douaumont occupé par les Allemands. Une épaisse fumée envahit l'ouvrage, très vite les secours s'organisent, mais 650 soldats allemands et 25 officiers sont retrouvés morts. Rapidement muré, un des couloirs du fort va leur servir de fosse commune. Ils y reposent encore aujourd'hui.

Et les combats se poursuivent. Falkenhayn qui est maintenant bien informé des préparatifs alliés dans la Somme se méfie de cette offensive sur le front occidental. Il lui faut donc empêcher ou retarder cette attaque. Pour cela une seule possibilité, continuer les assauts sur Verdun pour en finir avec cette insolente armée française.

Le 2 juin les troupes allemandes parviennent enfin sur les superstructures ruinées du petit fort de Vaux. Pendant 5 jours dans les galeries rendues intenables par les gaz, les défenseurs résistent tout en attendant l'arrivée des secours. Mais le 7 au matin, vaincue par la soif, la garnison se rend.

Si à l'arrière la chute du fort ébranle un peu plus une population déjà bien lasse, sur le terrain les chefs constatent des signes alarmants de découragement et de perte de confiance. Le 12, Joffre informé réagit par un message aux combattants de Verdun. “Je fais appel à tout votre courage, à votre esprit de sacrifice, à votre ardeur, à votre amour de la patrie pour tenir jusqu'au bout et pour briser les dernières tentatives d'un adversaire qui est maintenant aux abois.” Il se doit de devancer une crise de confiance qui pourrait peu à peu s'amplifier jusqu'à faire douter le combattant, miner la discipline, affaiblir l'autorité des chefs et par suite faire chanceler les armées.

Pour les Allemands, c'est un peu différent. Ils sont enfin arrivés, après 3 mois d'une lutte farouche, sur la ligne de leurs objectifs intermédiaires, celle envisagée en février.

S'ils parviennent à dépasser cette limite, rien ne devrait pouvoir arrêter leur entrée victorieuse dans la ville meurtrie. Et Verdun tombé, c'est la route de Paris qui est peut-être ouverte.

Mais le temps presse car sur la Somme l'offensive alliée se précise. Le 23 juin sur 6 kilomètres, 19 régiments s'élancent pour une attaque dont dépend le sort de cette lutte commencée il y a 120 jours. Très rapidement la situation devient alarmante puis critique pour les Français. La dernière ligne de défense, celle qui surplombe Verdun, est maintenant à la portée des troupes d'assaut du Kaiser. Mais l'avance victorieuse est encore enrayée.

Pendant 10 jours, des combats d'une grande violence se poursuivent. Les deux adversaires se sacrifient pour quelques ruines, des restes de bois calcinés, des crêtes pilonnées par l'artillerie, des ravins empoisonnés par les gaz et infectés par les pestilences. Pour cette terre outragée, qui paraît comme retournée par un gigantesque labour, les assauts se succèdent. Dans la même journée certaines positions vont changer plusieurs fois d'occupants. Pour les hommes, c'est véritablement infernal, mais pour Pétain et Nivelle la situation redevient rassurante. Ils viennent d'être informés de l'imminence de l'offensive franco-britannique sur la Somme. Joffre va enfin reprendre l'initiative et imposer sa détermination.

Première utilisation des chars par l'armée britannique.

Le 1er juillet, 40 divisions alliées s'élancent contre les positons allemandes.
Cette attaque sur la Somme devrait imposer au Kronprinz la cessation de son offensive, mais l'ennemi est têtu. Falkenhayn (qui sera remplacé dans quelques jours par le duo Hindenburg et Ludendorff) décide, comme pour forcer le destin, d'une ultime tentative. Le 11 juillet à l'aube, après un bombardement d'une violence exceptionnelle où dominent les obus toxiques, les régiments allemands repartent à l'assaut. Le soir ils ont l'impression d'avoir enfin Verdun à portée de main. Le 12 au matin, alors que 150 Allemands s'infiltrent vers le fort de Souville, ce sont quelques hommes, cui-

Artillerie lourde sur voie ferrée.

siniers, magasiniers ou soldats bleu horizon réfugiés dans l'ouvrage qui, rassemblés en hâte, stoppent cette dernière vague allemande, parvenue épuisée à quelques mètres des fossés.

Avion de chasse français abattu.

Le fort dépassé, les assaillants auraient discerné, très proches, les ruines de la cité inviolée. À partir de ce moment, devant Verdun, la volonté va changer de camp. Le Kronprinz reçoit l'ordre de mettre ses troupes sur une stricte défensive, et d'envoyer ses canons et ses troupes vers ce nouveau foyer qu'est la Somme.
Mais Nivelle et son adjoint Mangin ne veulent pas rester cloués sur des positions inconfortables et dangereuses, à moins d'un kilomètre de la dernière ligne de crête. Malgré des moyens limités, ils vont essayer de repousser les lignes allemandes.
De juillet à mi-septembre, dans un petit espace de quelques kilomètres carrés, un véritable champ clos témoin de misères inhumaines et d'actes peu imaginables, d'incessants et meurtriers combats se poursuivent. Mais ces actions coûteuses en sang ne provoquent pas de grands bouleversements. Une sorte d'équilibre s'installe, que rien ne semble véritablement être en mesure de rompre. Et les combats se poursuivent. Le 4 septembre, c'est au tour des Français de connaître une catastrophe. Le tunnel de chemin de fer de Tavannes, long de 1 400 mètres et transformé par les Français en poste de commandement, abri, infirmerie et dépôt, explose. Plus de 500 corps sont retrouvés dans les décombres.

Fort de Sourville, 28 juillet.

Mais pendant ce temps, que se passe-t-il sur la Somme ?
Tout d'abord, la violence et la durée des combats autour de Verdun ont sensiblement diminué les moyens accordés à Foch. Le front d'attaque a été réduit à 30 kilomètres au lieu de 70 et les armées britanniques en sont devenues l'acteur principal.
La bataille a commencé le 1er juillet, de part et d'autre de la rivière Somme. Mais très rapidement la progression britannique était contrariée dans de nombreux secteurs. Les pertes britanniques sont terribles, 20 000 morts ce premier jour. Du côté français, l'avancée était plutôt encourageante, mais le partiel échec britannique a empêché Foch de poursuivre comme prévu au-delà de la Somme.
La grande bataille n'a donc pas évolué comme le prévoyait Joffre. Mais celui-ci ne renonce pas et la bataille reprend le 14 juillet. La deuxième position allemande est dépassée, la progression est victorieuse sur la rive nord, mais est limitée sur la rive sud. Toutefois de sérieuses divergences entre les généraux français retardent une nouvelle offensive. Le 30 juillet l'attaque reprend mais elle s'enlise encore. Joffre modifie alors le commandement français. Il espère toujours reprendre l'offensive sur un large front et amener les Britanniques à faire de même, mais il ne parvient pas à organiser une bataille d'ensemble et la lutte continue, sanglante, sous forme d'attaques partielles. Une nouvelle action générale prévue pour le 1er septembre est reportée au 10 puis décidée le 4. La raison ? La Roumanie vient de déclarer la guerre aux Empires centraux, il veut ainsi prouver à l'ennemi la bonne coordination des opérations alliées. Cette troisième

phase de la bataille s'éternise durant 3 semaines. Le mauvais temps fait du terrain un gluant et terrifiant bourbier, mais c'est au cours de cette période que les Anglais utilisent pour la première fois le char d'assaut.

Joffre malgré des conditions climatiques contrariantes veut persévérer et, pour éviter que des réserves allemandes ne viennent renforcer le front de la Somme, il demande à Nivelle d'organiser une nouvelle opération sur le front de Verdun. Le 1er octobre le fort de Douaumont est de nouveau français et le 1er novembre le fort de Vaux est réoccupé.

Et sur la Somme tout au long du mois d'octobre, Joffre insiste pour continuer la lutte. En novembre, malgré de sérieux désaccords entre les commandants en chef des deux armées, de nouvelles opérations sont tentées, mais en fait la bataille de la Somme connaît ses derniers soubresauts. Malgré la violence des combats et l'accumulation des moyens, aucune solution militaire n'a été concluante.

Mais quel est le bilan de cette recherche laborieuse et coûteuse de la dislocation du front ennemi ? La bataille de la somme a limité puis desserré l'effort allemand sur Verdun.

L'avance alliée qui a atteint jusqu'à 13 kilomètres dans la zone occupée a contraint l'ennemi, tranchée après tranchée, à subir à son tour une éprouvante et réelle usure. L'Allemagne a dû engager plus d'une centaine de divisions, soit l'ensemble de ses forces présentes sur le front occidental.

Devant Verdun, après avoir tiré 24 millions d'obus, les soldats du Kaiser ont été presque rejetés sur leurs positions de février. Pétain, Nivelle, Mangin et d'autres sont devenus célèbres alors que Joffre mais également Foch sont maintenant très contestés.

Mais comment éloigner l'ombrageux commandant des armées françaises ? Lui qui a déjà arrêté, en accord avec les autres chefs militaires alliés, les opérations militaires pour l'année à venir.

Fin manœuvrier, Briand, le président du Conseil, pour ne pas alarmer l'opinion publique, nomme Joffre commandant en chef des armées françaises. Mais celui-ci doit abandonner le commandement effectif des armées du Nord et de l'Est, et c'est le général Nivelle qui est choisi et nommé à sa place. Ses méthodes efficaces pour la reprise de Douaumont, sa personnalité et son souci de plaire aux parlementaires ont fait la différence.

Mais dans le même temps Briand nomme également, comme ministre de la Guerre, l'autoritaire général Lyautey. C'est un militaire peu habitué à partager le pouvoir et à accepter que l'on conteste ses idées. Joffre qui s'était résigné à devenir une sorte de conseiller technique du gouvernement ne le supporte pas et il remet sa démission qui reste secrète. Puis le 27 décembre un décret présidentiel l'élève à la dignité de maréchal de France. Ce n'est pas lui qui aura à gérer la profonde crise de lassitude qui va gagner les armées françaises dans les mois à venir.

Dans le fort de Douaumont reconquis, le couloir de l'infirmerie.

Ainsi en cette fin d'année, après 29 mois de guerre, les fronts ont peu évolué. De demi-échecs en demi-succès, l'année 1916 reste sœur de 1915 et pourtant chaque camp s'accroche encore à l'espoir d'une victoire décisive. À l'extérieur la Roumanie, grande productrice de céréales et de pétrole, a été très rapidement vaincue et est entièrement aux mains des Empires centraux. En Italie aucun des adversaires ne parvient à s'imposer, sur le front russe, conformément au programme de Joffre, le général Broussilov a bousculé momentanément les Autrichiens puis de nouveau le front s'est enlisé et en Orient, chacun s'observe et attend son heure.

Mais la mort qui rôde, les deuils, l'anxiété journalière des familles, les privations, le bourrage de crâne, autant de faits qui ont affaibli les certitudes et sont à l'origine d'une lente mais profonde transformation des mentalités. Et cela surtout chez ceux qui vivent l'existence cauchemardesque du front.

La douleur, le sacrifice et la mort ne sont pas toujours reconnus et appréciés par ceux qui commandent et qui gouvernent. 1917 en apportera une profonde et douloureuse illustration.

Un canon français de 75, pour la défense contre avion

Bataille de Verdun franco-allemande.
21 fevrier-15 décembre 1916.
Morts français : 163 000.
Blessés français : 195 000.
Morts allemands : 143 000.
Blessés allemands : 180 000.

Bataille de la Somme.
1er juillet-15 novembre 1916.
Morts britanniques : 206 000.
Blessés britanniques : 213 000.
Morts français : 66 000.
Blessés français : 130 000.
Morts allemands : 270 000.
Blessés allemands : 135 000.

UN PEU DE VOCABULAIRE DES TRANCHÉES

A

Abeille. Balle ; petit éclat d'obus.
Accroche-cœur. Une décoration.
Adjupète. Un adjudant.
Aiguille à tricoter. La baïonnette.
Alboche. Un Allemand.
Anastasie. La censure.
Arrosoir. Un canon français de 75.
Artiflot. Un artilleur.
As de carreau. Le sac à dos (de par sa forme).
Azor. Le sac à dos (il suit son maître comme un chien).

B

Babillarde. La lettre.
Bafouille. La lettre.
Ballot. Homme peu dégourdi.
Barbaque. Viande fraîche.
Barda. Ce que le soldat porte sur lui.
Baveux. Le journal.
Becqueter. Manger.
Bibendum. Un homme gros.
Bidoche. La viande.
Bifton. Un billet de banque.
Bigorneau. Un soldat.
Biture. Une saoulerie.
Biribi. Peine de travaux forcés pour un militaire.
Bleu, bleuet, bleusaille. Un jeune conscrit.
Bouthéon, bouteillon. Un récipient collectif pouvant contenir la ration de 4 soldats.
Brutal. Un canon.
Bobard. Un mensonge.
Boche. Un soldat allemand.
Bonhomme. Surnom du *bleu*, mais en général d'un autre soldat.
Bouffarde. La pipe.
Boule. Une miche de pain.
Bourguignotte. Le casque français.
Bourrage de crâne. Mensonge, propagande.
Bourrin. Un cheval.
Bras cassé. Un paresseux.
Bricheton. Le pain.
Brosse à dents. La moustache.

C

Cabot. Le caporal.
Cagna. Un abri (origine : Indochine).
Cahoua. Le café (origine : Afrique du Nord).
Clarinette. Le fusil Lebel.
Cambuse. Lieu où se fait la cuisine.
Camouffle. Une bougie, une lampe.
Canard. Un cheval fatigué.
Canne à pêche. Le fusil.
Casque à pointe. Un soldat allemand.
Casse-pattes. De l'eau-de-vie.
Cigare. Un ballon captif d'observation appelé aussi *saucisse*.
Civelot. Un civil.
Cogne. Le gendarme.
Colle. Le riz cuit.
Corde à linge. Le barbelé.
Court tout seul. Le fromage.
Crapouillot. Un petit mortier de tranchée.
Crème de menthe. Un char d'assaut britannique.
Criq. De l'eau-de-vie.
Croquenots. Les souliers.
Croûte (la). Le manger.
Cube. Le colis postal.
Cuistance. La cuisine roulante.
Cuistot. Le cuisinier.
Culbutant. Le pantalon.
Cure-dents. La baïonnette.

D

Dragée. Une balle, un obus.
Débourrer. Aller à la selle.

E

Embusqué. Un homme qui n'est pas mobilisé au front ou qui a un emploi dans un bureau.
Épilé. Un jeune soldat, à opposer à *poilu*.
Esgourdes. Les oreilles.
Être verni. Avoir de la chance.

F

Fafiot. Un billet de banque.
Fendard. Le pantalon.
Feuillée. Les cabinets.
Ficelles. Les galons.
Filleul. Homme recevant d'une femme de l'arrière de la correspondance et des colis.
Filocher. Paresser.
Filon. Une bonne recommandation.
Flambante. L'allumette.
Flingue et flingot. Le fusil.
Fourchette. La baïonnette.
Fraise. La tête.
Fritz. Le soldat allemand.

G

Galetouse. La gamelle.
Gaspards. Les rats.
Géranium. Un fromage.
Godillots. Les chaussures. C'est aussi la marque du fabricant.
Gourbi. Un abri. (Argot militaire des troupes coloniales venant d'Afrique du Nord.)
Grelots (avoir les). Avoir peur.
Grimpant. Le pantalon.
Griveton. Un soldat (en caserne).
Groin. Le masque à gaz.
Gros noir. Un gros obus.
Gros Q. Le tabac distribué par l'intendance.
Guitoune. L'abri.

J

Jass. Le soldat belge.
Joséphine. La baïonnette dans l'armée coloniale.
Jus. Le café.
Juteuse. La pipe.
Juteux. Un adjudant.

K

Kébour, kébroc. Le képi.
KK. Pain de guerre allemand.

L

Lansquiner. La pluie ou pisser.
Légumes (les). Les chefs.

M

Machine à coudre (ou à découdre). La mitrailleuse.
Maous. Un gros obus.
Marraine. Femme qui assume la charge morale d'un soldat sans famille ou originaire des provinces envahies.
Marie-Louise. Nom donné aux jeunes soldats de la classe 1915.
Marmites. Gros obus ou femme de mauvaise vie.
Marrons. Des balles ou des coups.
Merlan. Le coiffeur.
Moineaux. Des obus.
Morlingue. Le porte-monnaie.
Moulin à café ou à poivre. La mitrailleuse.
Musique. Le bombardement.

N

Nez de bœuf. Qualificatif entre soldats.
Nougat. Le fusil.

O

Officemar. Un officier.

P

Pâle. Être malade.
Pandore. Un gendarme.
Pantruchard. Un parisien.
Pantruche. Paris.
Paquebot. L'ambulance.
P.C.D.F. Pauvre costaud (con, couillon, cruche, etc.) du front.
Pépère. Surnom donné aux territoriaux (soldats âgés de la territoriale).
Piote. Le soldat belge.
Perlot. Tabac distribué par l'armée.
Picmuche. Le vin.
Pigeon. Projectile allemand ou soldat naïf.
Pinard. Le vin.
Poilu. Le soldat français.
Pot de fleurs. Le képi.
Poteau. Un ami.
Poulailler. Un véhicule de transport de soldats.
Pruneau. Un projectile, une balle.
Prusco. Un soldat prussien, ou un allemand en général.
Puant. Le gaz asphyxiant.
Purotin. Un malheureux.

R

Rab, rabiot. Supplément de nourriture à distribuer.
Raide. Être malade.
Raisiné. Le sang.
Raquette. Une grenade à main avec un manche.
Rata. La nourriture.
Ribouldingue. Faire la fête.
Rigolo. Un revolver.
Riz-pain-sel. Un soldat de l'intendance.
Rosalie. La baïonnette. (Elle suit l'homme comme une fiancée.)
Roulante. Une cuisine de compagnie sur roues.

S

Sammy. Le soldat américain.
Sapin. Un taxi.
Sardines. Galons de sous-officiers.
Saucisse. Un ballon captif d'observation.
Seau à charbon. Une bombe ou une torpille de tranchée allemande.
Sibiche. Une cigarette.
Singe. La viande en conserve.

T

Tambouille. Les plats, la nourriture du soldat.
Tommy. Le soldat anglais.
Tourne-broche, tourne-boche, Tire-boche, Tire-bouchon. La baïonnette.
Tourniquet. Un conseil de guerre.
Torial, toriaux, terrible-toriaux. Le territorial, un vieux mobilisé de l'armée territoriale.
Totos. Les poux.
Troufion. Le soldat.
Tuyau. Un bon renseignement.

V

Vide boche. La baïonnette.
Vieux (le). Le capitaine ou le colonel.

Z

Zef. Un aéroplane ou le vent.
Zigomar. Le sabre de cavalerie.

JACQUES TARDI

AUTRES OUVRAGES

ADIEU BRINDAVOINE
suivi de LA FLEUR AU FUSIL

Adèle Blanc-Sec
1. ADÈLE ET LA BÊTE
2. LE DÉMON DE LA TOUR EIFFEL
3. LE SAVANT FOU
4. MOMIES EN FOLIE
5. LE SECRET DE LA SALAMANDRE
6. LE NOYÉ À DEUX TÊTES
7. TOUS DES MONSTRES
8. LE MYSTÈRE DES PROFONDEURS
9. LE LABYRINTHE INFERNAL

LE DÉMON DES GLACES

ICI-MÊME
Scénario de Forest

UNE GUEULE DE BOIS EN PLOMB
D'après les personnages de Léo Malet
C'ÉTAIT LA GUERRE DES TRANCHÉES
GRIFFU
Scénario de Jean-Patrick Manchette
Éditions Casterman

LA DÉBAUCHE
Scénario de Daniel Pennac
POLONIUS
Scénario de Picaret
RUMEURS SUR LE ROUERGUE
Scénario de Christin
Édition Futuropolis Gallimard

LA VÉRITABLE HISTOIRE DU SOLDAT INCONNU
suivi de LA BASCULE À CHARLOT

LE SENS DE LA HOUPPELANDE
Nouvelle de Daniel Pennac
Éditions Futuropolis

FRÉROT FRANGIN
Texte de Thierry Maricourt
Éditions Sarbacane

VARLOT SOLDAT
Scénario de Didier Daeninckx
Éditions L'Association

ADAPTATIONS

CASSE-PIPE À LA NATION
BROUILLARD AU PONT DE TOLBIAC
120 RUE DE LA GARE
M'AS-TU VU EN CADAVRE ?
D'après les romans de Léo Malet

JEUX POUR MOURIR
D'après Géo-Charles Véran

LE DER DES DERS
D'après le roman de Didier Daeninckx

Le Cri du Peuple
1. LES CANONS DU 18 MARS
2. L'ESPOIR ASSASSINÉ
3. LES HEURES SANGLANTES
4. LE TESTAMENT DES RUINES

INTÉGRALE
D'après le roman de Jean Vautrin

LE SECRET DE L'ÉTRANGLEUR
D'après le roman de Pierre Siniac

1968-2008...
N'EFFACEZ PAS NOS TRACES !
D'après les chansons de Dominique Grange
Éditions Casterman

LE PETIT BLEU DE LA CÔTE OUEST
D'après le roman de Jean-Patrick Manchette
Éditions Futuropolis

ROMANS ILLUSTRÉS

VOYAGE AU BOUT DE LA NUIT
CASSE PIPE
MORT À CRÉDIT
Romans de Céline

LE SERRURIER VOLANT
Roman de Benacquista
Éditions Futuropolis Gallimard

SODOME ET VIRGINIE
Tragédie nécro-spirituelle en 3 actes de D. Prévost
Éditions Denoël

CATALOGUES

TARDI EN BANLIEUE
Préface de Jean Vautrin
Éditions Casterman

TARDI PAR LA FENÊTRE
Éditions Christian Desbois

GUERRE ET POSTE
Textes de Laurent Albaret
Éditions Casterman / Musée de la Poste

DESSINS

MINE DE PLOMB
CHIURES DE GOMME
Éditions Futuropolis

CARNET
JC Menu Éditeur

CINÉMA

UN STRAPONTIN POUR DEUX
En collaboration avec Michel Boujut
Édition Casterman

COLLECTIF

GRANGE BLEUE
Dominique Grange, Pichard, Bilal, Tardi
Éditions Futuropolis

ENTRETIENS

TARDI
Avec Numa Sadoul
Éditions Niffle Cohen

JEAN-PIERRE VERNEY

OUVRAGES

LA PREMIÈRE GUERRE MONDIALE
(collectif)
Éditions Casterman

LA PREMIÈRE GUERRE MONDIALE,
L'ALBUM PHOTO INÉDIT

14-18 IMAGES ET OBJETS
DE LA GRANDE GUERRE
Éditions Little Big Man

L'ARMÉE FRANÇAISE DE L'ÉTÉ 1914
En collaboration avec Henri Ortholan
Éditions Giovanangeli

14-18 HOMMAGE À LA FRANCE EN GUERRE
En collaboration avec Pierre Miquel
Éditions Michel Lafon

LA GUERRE DE 14-18 EN RELIEF
Éditions Les Arènes

L'ITALIE EN GUERRE 1915-1918
En collaboration avec Enzo et Laurent Berrafato
Éditions 14-18

LA PREMIÈRE GUERRE MONDIALE
Éditions Fleurus

CONSEILLER HISTORIQUE POUR LE CINÉMA

LA VIE ET RIEN D'AUTRE
de Bertrand Tavernier, 1989

CAPITAINE CONAN
de Bertrand Tavernier, 1996

UN LONG DIMANCHE DE FIANÇAILLES
de Jean-Pierre Jeunet, 2004

LES TOURMENTS D'ANTONIN
de Gabriel Lebomain, 2006